速成围棋 基础篇(下)

黄焰 金成来 著

姓 名	

图书在版编目（CIP）

速成围棋：基础篇（下）/〔韩〕黄焰，金成来著.—青岛：青岛出版社，2006.6

ISBN 7-5436-3705-7

Ⅰ.速... Ⅱ.①黄... ②金... Ⅲ.围棋—基本知识 Ⅳ.G891.3

中国版本图书馆 CIP 数据核字(2005)第060831号

韩国乌鹭出版社授权出版

山东省版权局著作权合同登记号　图字：15-2006-048号

书　　名	**速成围棋：基础篇(下)**
作　　者	黄焰　金成来
出版发行	青岛出版社
社　　址	http://www.qdpub.com
邮购电话	13335059110　(0532)80998652
策划编辑	高继民　张化新
责任编辑	吴清波　E-mail:wqb@qdpub.com
印　　刷	青岛杰明印刷有限责任公司
出版日期	2006年11月第1版　2006年11月第2次印刷
开　　本	16开（700mm×1000mm）
印　　张	11
字　　数	220千
书　　号	ISBN 7-5436-3705-7
定　　价	18.00元

盗版举报电话　（0532）85814926

青岛版图书售出后如发现印装质量问题，请寄回承印厂调换。

厂址:青岛市合肥路688号 邮编：266035 电话:0532-88786688

前言

要选好围棋入门教材。因为教材的好坏往往影响学围棋的兴趣，决定能否坚持学下去。虽然如此，围棋的高手也很难分清教材的好坏。这是由于入门教材的难易程度很低，不易分清它们的差别。

速成围棋入门篇3卷出版后，很多人对教材的内容提出了建议。有直接打来电话的小学老师说，由于教材生动有趣，老师和学生在教与学当中都很快乐。也有提出相反意见的人。随着时间的推移，有经过考验的，也有接纳新提议进行改进的内容。从整体来看此教材作为入门书得到的反应是相当肯定的。在此，笔者向对此教材给于诸多关心的教师和朋友们表示谢意，并敬请提出更为宝贵的意见,以待来日进一步完善。

继入门篇3卷出版之后，我们推出了基础篇(上、中、下)3卷。看来可以继续出版初级、中级、高级和有段者等速成围棋系列书了。回过头来看入门篇之所以得到好评在于其整体构成和"注意力训练"等创新做法。特别是入门篇译成英文出版后在欧美得到了好评，现在又要译成中文出版了，我们希望这套书在发明围棋的智慧的中国也能受到青睐。基础系列把入门系列学习的内容编成复合型问题，并收录了布局和行棋内容。特别是布局问题，有别于以往教材，采取了新的教学和认知方法，以便使学习者更有兴趣，更容易记住。

笔者最关心的是儿童围棋教育。这里包括怎样易于学棋，怎样快速提高棋力，为此，要采取什么样的教材，怎样有效地进行教育，这些是笔者研究的课题，同时也将倾听这一领域各位高人的意见。

最后，向始终对速成围棋系列的编辑、出版给与诸多帮助的韩国乌鹭出版社社长赵昌三及其他设计和相关出版职员表示谢意，也向把此书引进到中国大陆出版的青岛出版社表示真挚的感谢!

由于两国语言的差异，习惯的不同，本系列书中的术语等难免有不准确之处，敬请中国大陆亲爱的棋友们提出意见和建议。

作　者

目 录

6	**1. 两次叫吃**
7	1-1.两次叫吃后 —— 吃棋
10	1-2.两次叫吃后 —— 逃
13	1-3.两次叫吃后 —— 征
16	1-4.两次叫吃后 —— 罩
19	在围棋中常用的术语
20	**2. 先手以后**
21	2-1.找出先手的地方
24	2-2. 先手交换后 —— 吃棋
27	2-3. 先手交换后 —— 连接
30	**3. 滚包**
31	3-1. 连续叫吃和滚包
34	3-2.征、罩和滚包
38	**4. 缓征**
44	**5. 对杀**
45	5-1.气的计算
50	5-2.扑的收气法
54	5-3.长气
58	**6. 连**
64	**7. 断**
70	**8. 行棋**
71	8-1.基本行棋
75	8-2.尖

目 录

80	**9. 死活**
81	9-1.眼形的死活练习
86	9-2.五目死活，六目死活
91	9-3.双活
95	9-4.地的界限
100	9-5.假眼和界限
105	必须记住的布局要领
106	**10. 控制点和盘面的大点**
112	**11. 大小**
118	**12.劫**
119	12-1.劫胜
125	12-2.劫与死活
130	**13. 布局**
131	13-1.棋盘上的术语
134	13-2.二线渗透
139	13-3.夹攻
145	13-4.中央一间跳
150	13-5.下互相一间跳的地方
156	**14. 收官**
162	**实力测验**
163	**第一回**
167	**第二回**
171	**第三回**

SUCHENG WEIQI

① 两次叫吃

1-1. 两次叫吃后 —— 吃棋
1-2. 两次叫吃后 —— 逃
1-3. 两次叫吃后 —— 征
1-4. 两次叫吃后 —— 罩

1-1 两次叫吃后 —— 吃棋

1 图

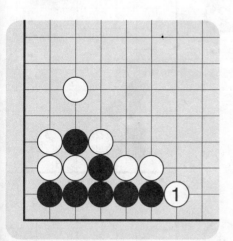

1图 白1，黑如何下?

2 图

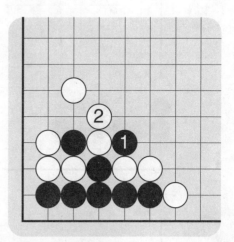

2图 首先黑1叫吃。

3 图

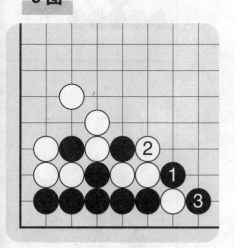

3图 黑1、3继续断吃白棋。

4 图

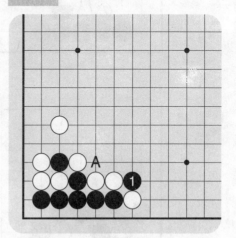

4图 保留A处，黑1断也是好手。

1-1.两次叫吃后 —— 吃棋

叫两次后请吃白△。（5手）

 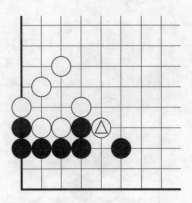

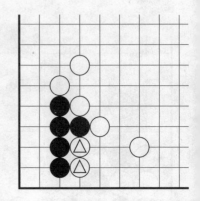

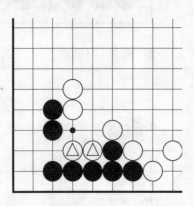 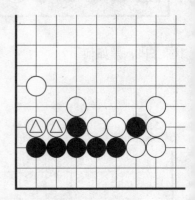

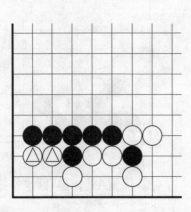 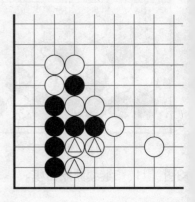

1-1.两次叫吃后 —— 吃棋

两次叫吃后请吃白△。（5手）

 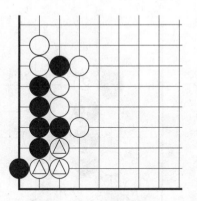

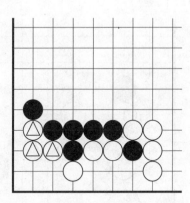

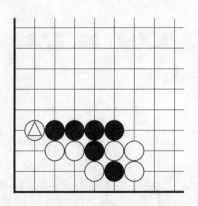

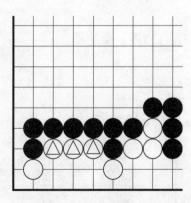

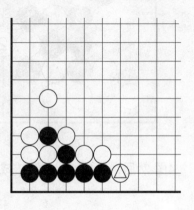

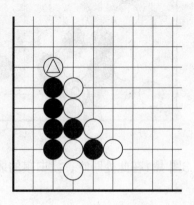

1-2 两次叫吃后 —— 逃

1图

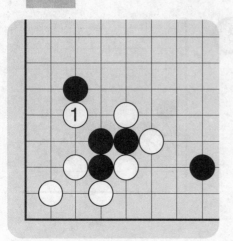

1图 白1罩，要吃黑。

2图

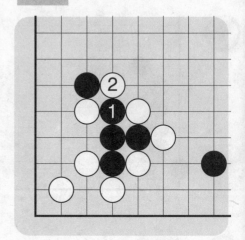

2图 黑1逃，白2，黑失败。

3图

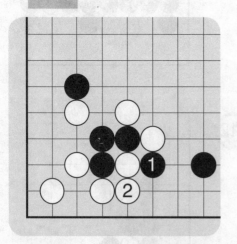

3图 黑1在此处叫吃，找白棋的弱点。

4图

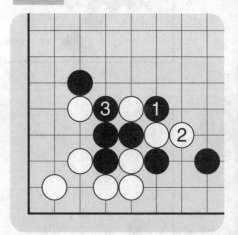

4图 然后，黑1断吃，黑3逃成功。

1-2.两次叫吃后 —— 逃

白1请叫吃两次后逃出。（5手）

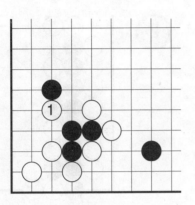

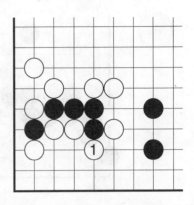

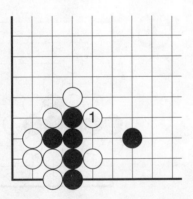

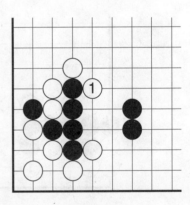

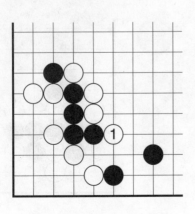

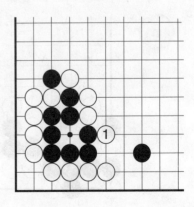

1-2.两次叫吃后 —— 逃

白1，请叫吃两次后逃出。（5手）

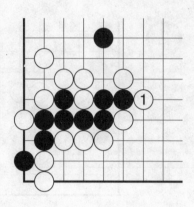

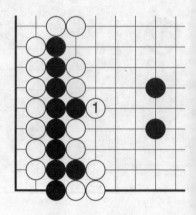

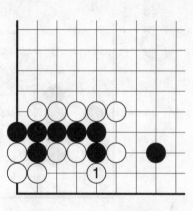

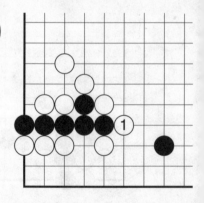

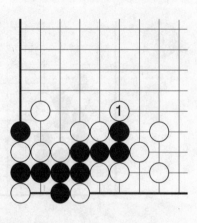

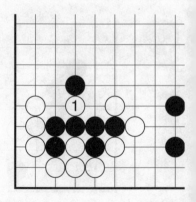

两次叫吃后 —— 征

1 图

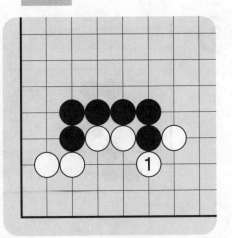

1图 白1，探究白棋的弱点。

2 图

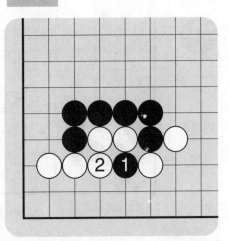

2图 黑1先断吃。

3 图

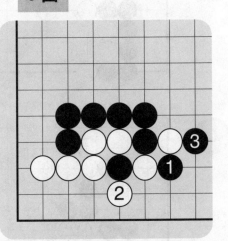

3图 然后黑1再断吃后黑3征吃白棋。

4 图

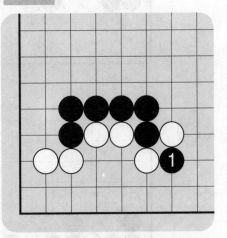

4图 在黑1直接断也是好手。

1-3.两次叫吃后 —— 征

学习日期	月 日
检	

两次叫吃后征吃白△。（5手）

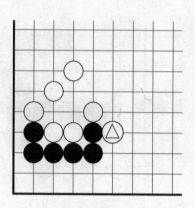

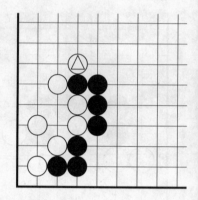

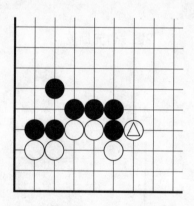

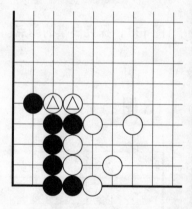

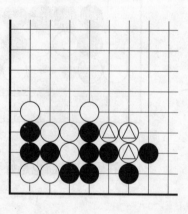

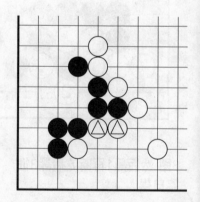

1-3.两次叫吃后 —— 征

两次叫吃后征吃白⊘。（5手）

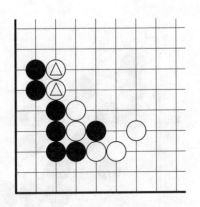

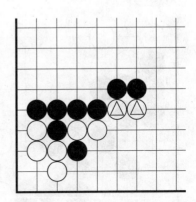

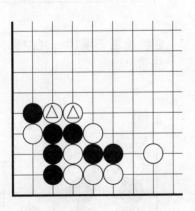

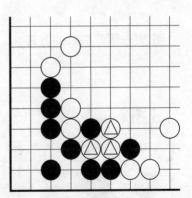

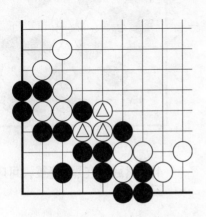

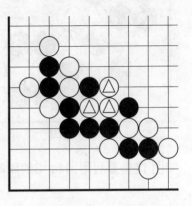

1-4 两次叫吃后 —— 罩

1图

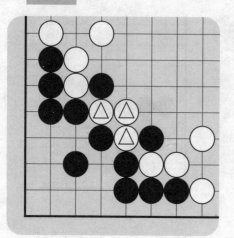

1图 想一下吃白△的方法。

2图

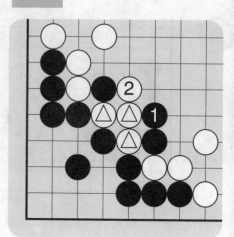

2图 简单于黑1叫，白2逃，黑棋失败。

3图

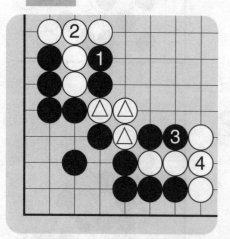

3图 这里要利用黑1、3的叫吃。

4图

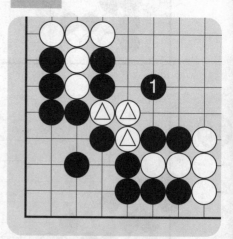

4图 然后，在黑1处罩，可吃白三子。

1–4.**两次叫吃后 —— 罩**

学习日期	月　　日
检	

两次叫吃后罩吃白△。（5手）

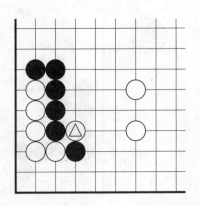

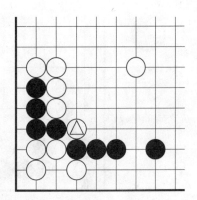

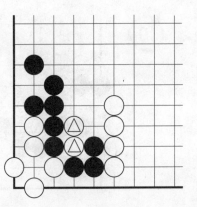

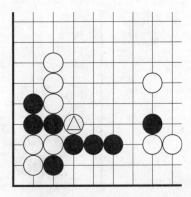

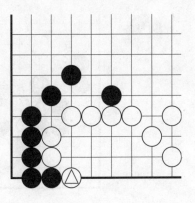

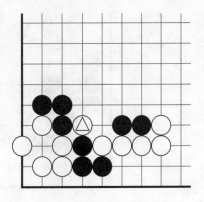

1-4. 两次叫吃后 —— 罩

叫吃两次后用罩吃△。（5手）

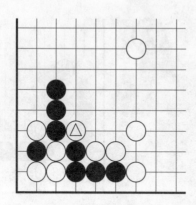

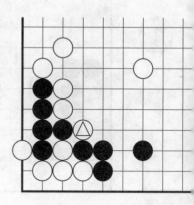

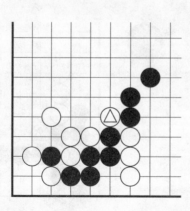

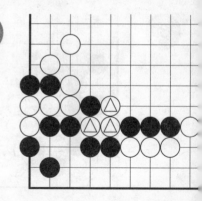

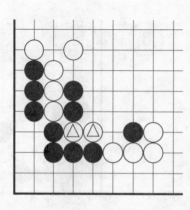

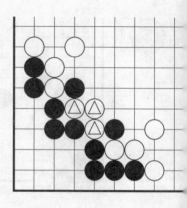

在围棋中常用的术语。

请将与下列问题的定义相符的术语标O

1 绝妙的着法:（正手，妙手，新手）

2 坏棋:（后手，加一手，恶手）

3 对方必应的着法:（先手，新手，恶手）

4 下棋:（数空，对局，投子）

5 死子:（定式，死子，布局）

6 下子的顺序:（次序，行棋，危棋）

7 行棋:（布局，着子，定式）

8 不数空赢棋:（数空，形势，中盘胜）

9 危险的子:（厚势，危棋，死子）

10 判定输赢的数空:（数空，中盘胜，形势）

2

先手以后

2-1. 找出先手的地方
2-2. 先手交换后 —— 吃棋
2-3. 先手交换后 —— 连接

2-1 找出先手的地方

1图

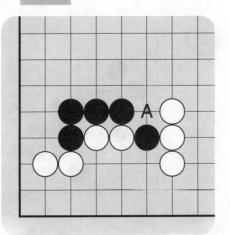

1图 应在A处连上。但在这之前应在别处下。

2图

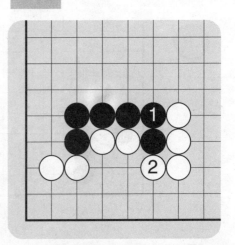

2图 简单在黑1处连，白2，守空很大。

3图

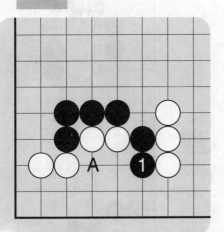

3图 这里黑1好棋。利用了A处的弱点。

4图

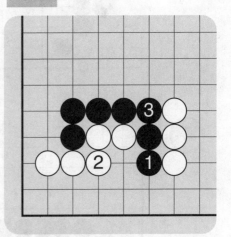

4图 白2连，则黑3也连。与2图比较，白地明显减少。

2-1. 找出先手的地方

学习日期	月　　日
检	

在A、B、C中找出先手的地方标O。

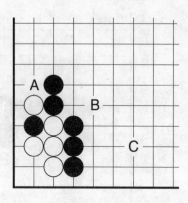

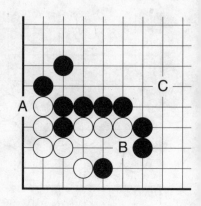

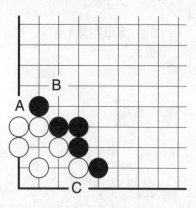

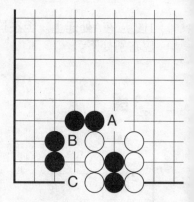

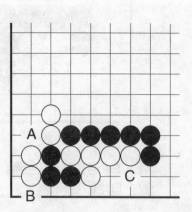

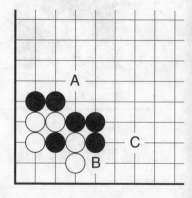

2-1.找出先手的地方

在A、B、C中找出先手的地方标O。

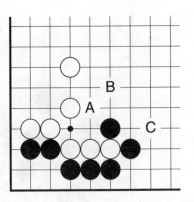

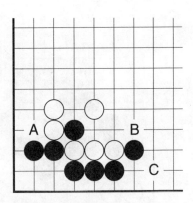

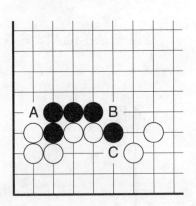

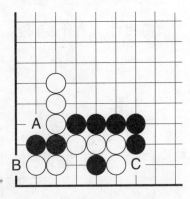

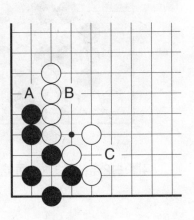

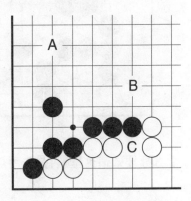

2-2 先手交换后 —— 吃棋

1图

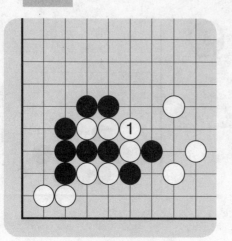

1图 白1，黑有什么手段。

2图

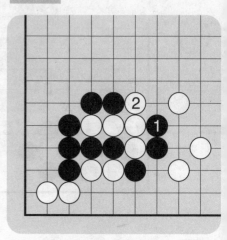

2图 简单在1处叫，吃不了白棋。

3图

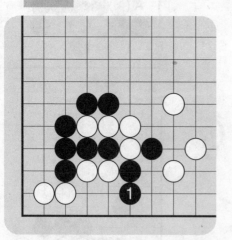

3图 要知道这里黑1是先手。

4图

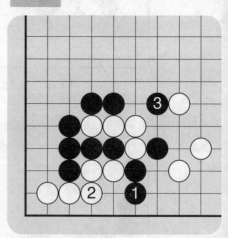

4图 白2连，黑3罩，可吃白4子。

2-2. 先手交换后 —— 吃棋

白1，黑找出先手之处进行应对。（3手）

1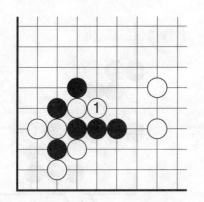

2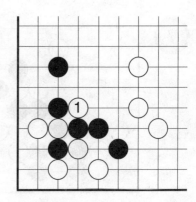

3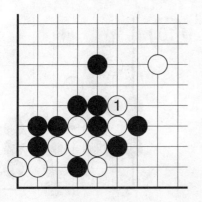

4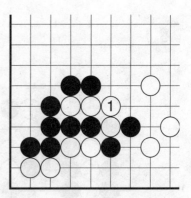

5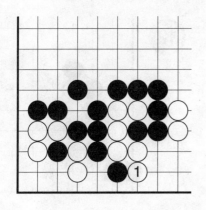

6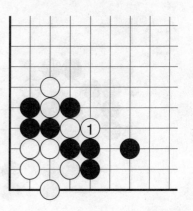

2-2.先手交换后 —— 吃棋

白1，黑找出先手之处进行应对。（3手）

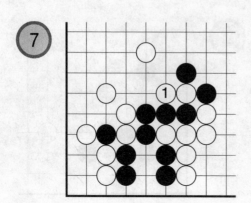

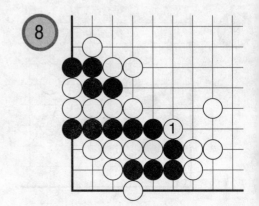

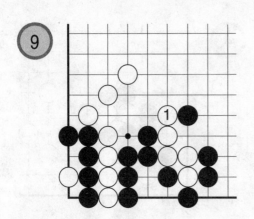

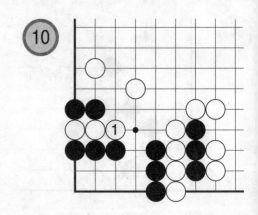

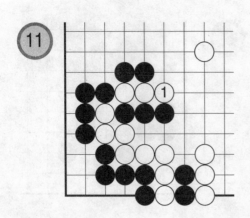

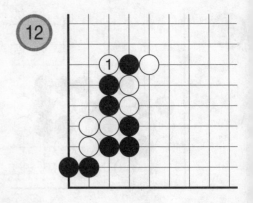

先手交换后 —— 连接

1图

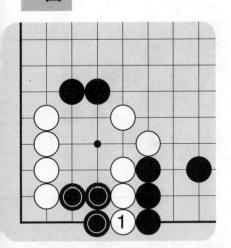

1图 白1断的场面，请连接黑 ◉

2图

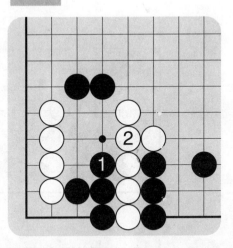

2图 黑1，白2连，黑连不回去。

3图

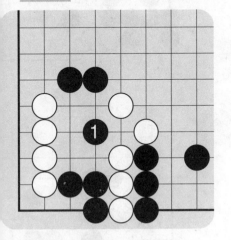

3图 黑1点是先手。

4图

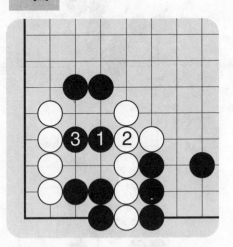

4图 白2只能连，此时黑双一手可
以连回。

白1，利用先手之处连接黑。（3手）

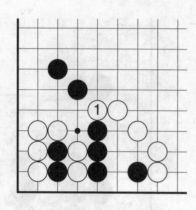

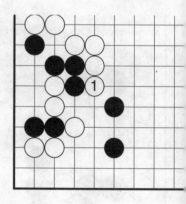

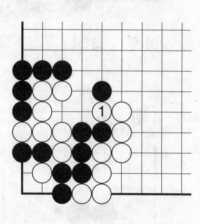

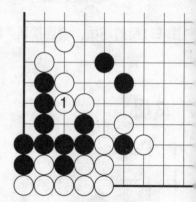

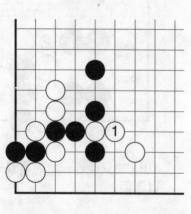

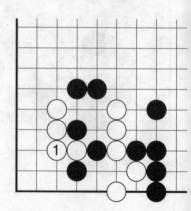

2-3. **先手交换后 ── 连接**

白1，利用先手之处连接黑。（3手）

7

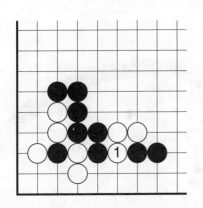

8

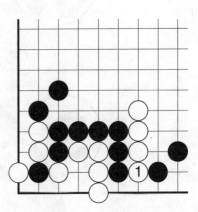

9

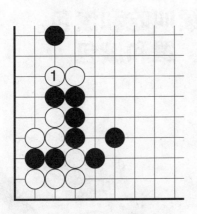

10

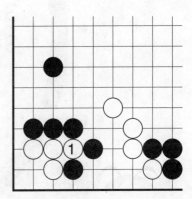

11

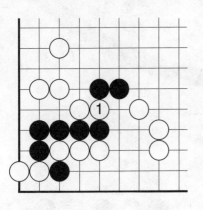

12

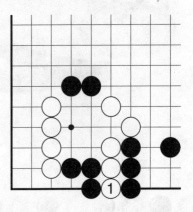

3 滚包

3-1. 连续叫吃和滚包。
3-2. 征、罩和滚包

3-1 连续叫吃和滚包

1图
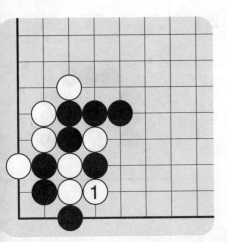

1图 白1，想一下黑棋的应对。

2图
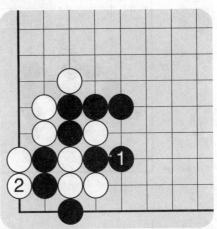

2图 黑1逃，白2叫吃，黑失败。

3图
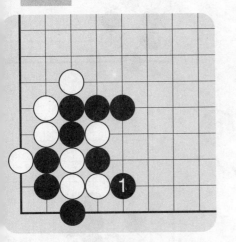

3图 黑1滚包叫吃是好手。

4图
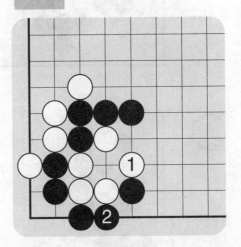

4图 白1提，黑2再叫吃形成连续叫吃，白死。

3-1. 连续叫吃和滚包

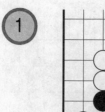

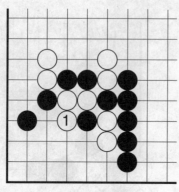

白1，利用滚包吃白棋 。（3手）

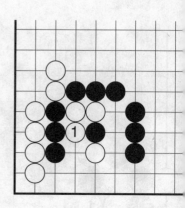

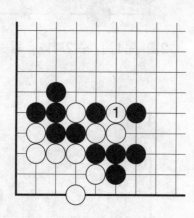

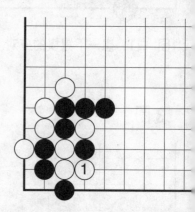

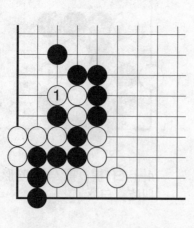

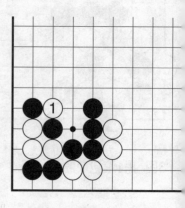

3-1.连续叫吃和滚包

学习日期	月 日
检	

白1，利用滚包吃白棋 。（3手）

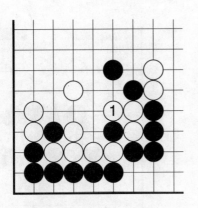

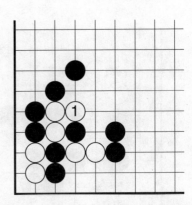

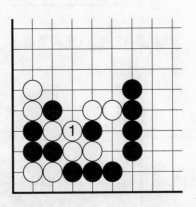

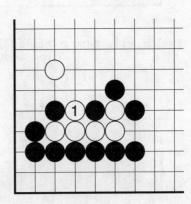

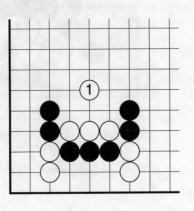

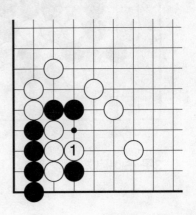

3-2 征、罩和滚包

1图

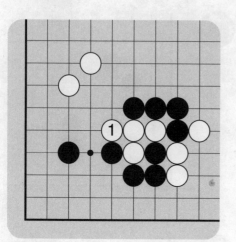

1图 白1，想一下吃白棋的方法。

2图

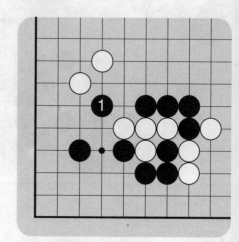

2图 这里黑1先罩正确。

3图

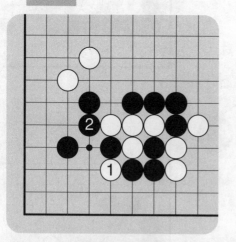

3图 白1断吃，黑2滚包。

4图

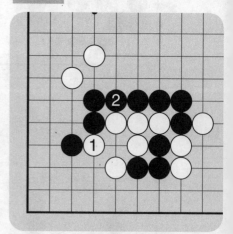

4图 白1提，黑2叫后征吃白棋。

3-2.征、罩和滚包

学习日期	月　日
检	

白1，滚包后征吃白棋。（5手）

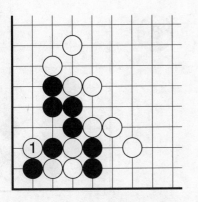

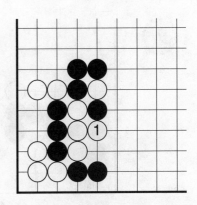

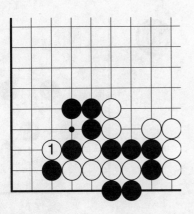

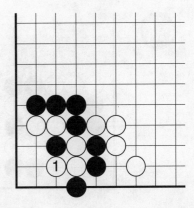

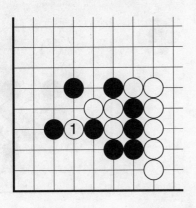

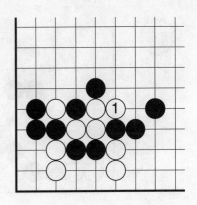

3-2.征、罩和滚包

白1，滚包后征吃白棋。（5手）

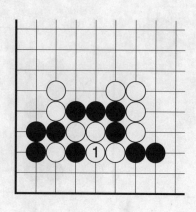

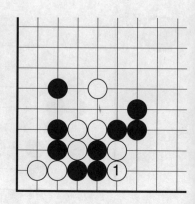

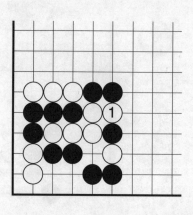

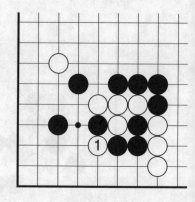

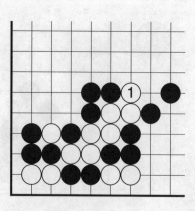

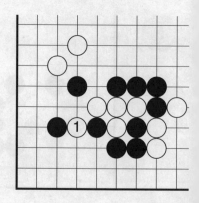

3-2. 征、罩和滚包

白1，罩后滚包吃白。（5手）

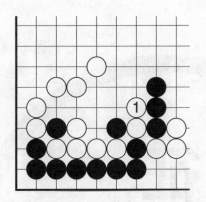

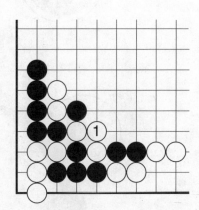

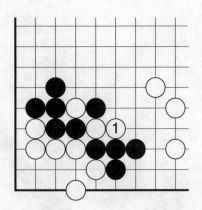

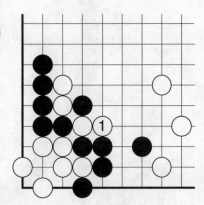

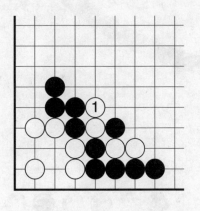

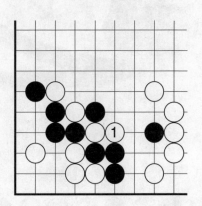

4 缓征

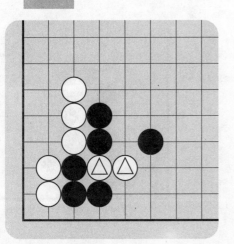

1图 找出吃白△的方法。

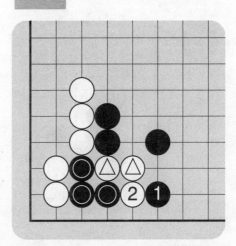

2图 黑1则白2，黑三子死棋。

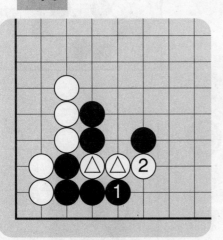

3图 这里黑1先下一子。

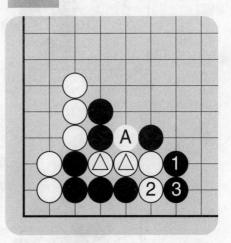

4图 然后，黑1、3后白棋无处可逃，这就是缓征。

4. 缓征

白1，请吃白棋。（3手）

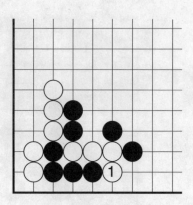

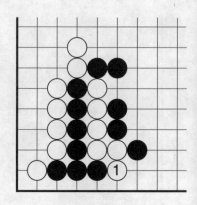

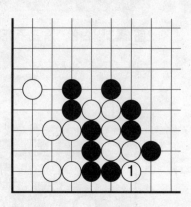

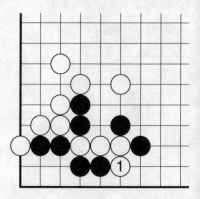

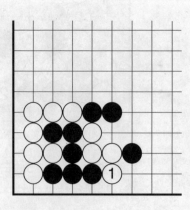

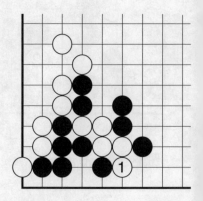

4. 缓征

白1，请吃白棋。（3手）

7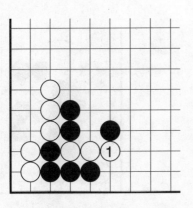

8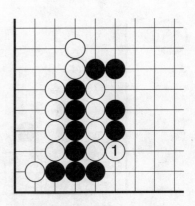

9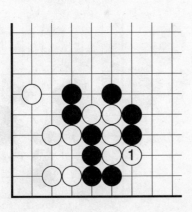

10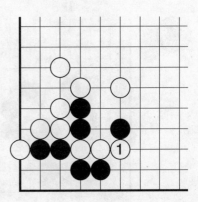

11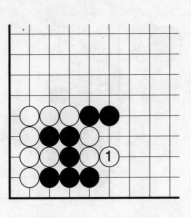

12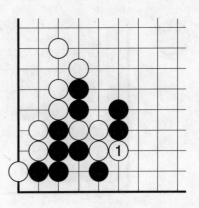

4. 缓征

学习日期	月 日
检	

白1，请吃白棋。（3手）

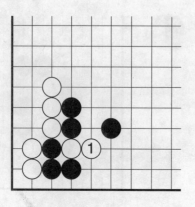

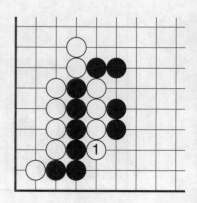

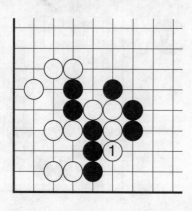

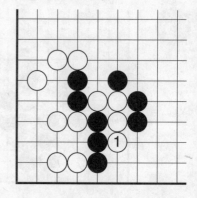

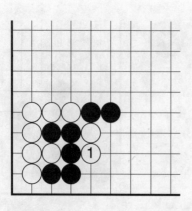

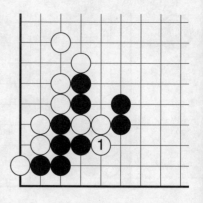

4. 缓征

白1，请吃白棋。（3手）

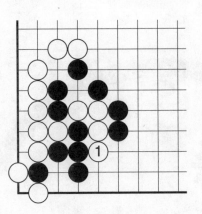

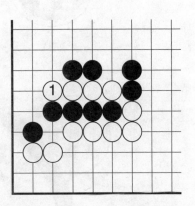

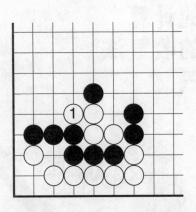

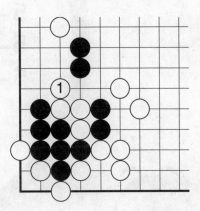

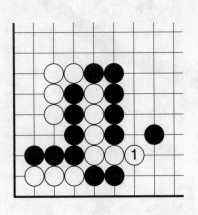

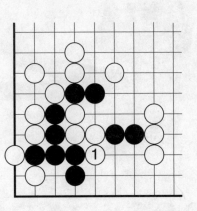

SUCHENG
WEIQI

5 对杀

5-1. 气的计算

5-2. 扑的收气法

5-3. 长气

1图

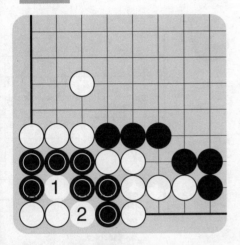

1图 想一下黑◉有几气。

2图

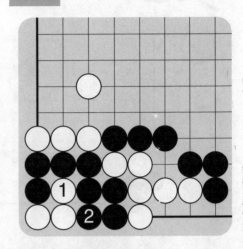

2图 如果白棋先紧气的话——

3图

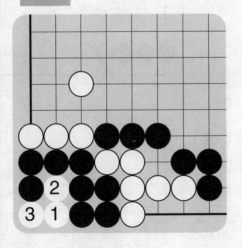

3图 提后的模样为3气。

4图

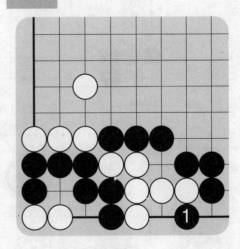

4图 所以，黑1先紧气，对杀黑胜。

气的计算

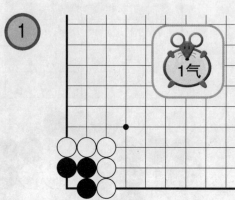

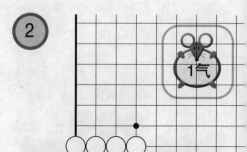

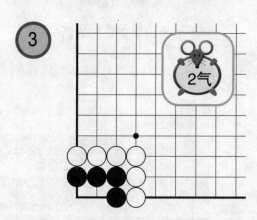

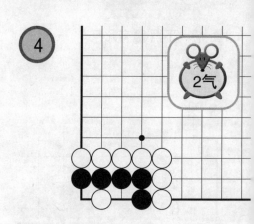

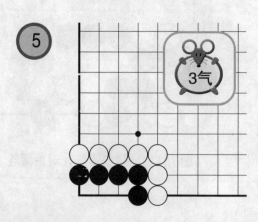

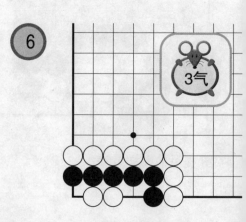

5-1. 气的计算

学习日期	月　　日
检	

黑为几气?

1 ☐ 气

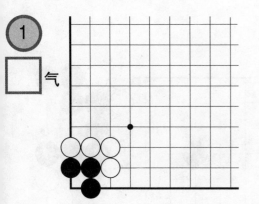

2 ☐ 气

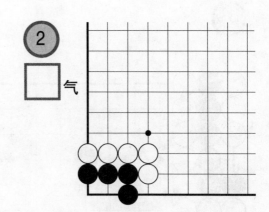

3 ☐ 气

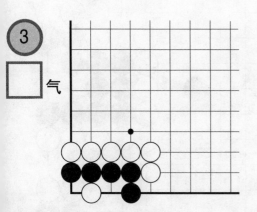

4 ☐ 气

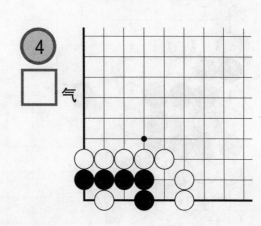

5 ☐ 气

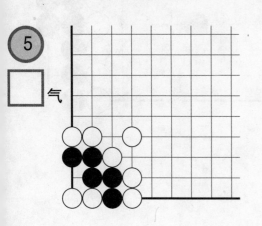

6 ☐ 气

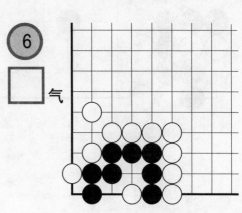

5-1. 气的计算

白1，在右边找出黑提3子后形成的模样并用线连接。

7

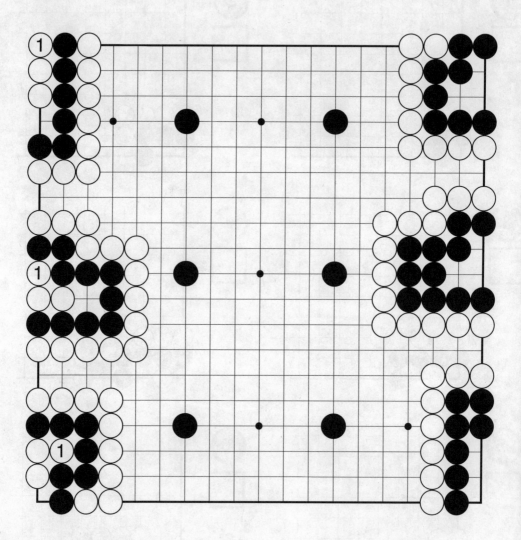

5-1. 气的计算

学习日期	月	日
检		

请标出对杀中黑棋和白棋的气。

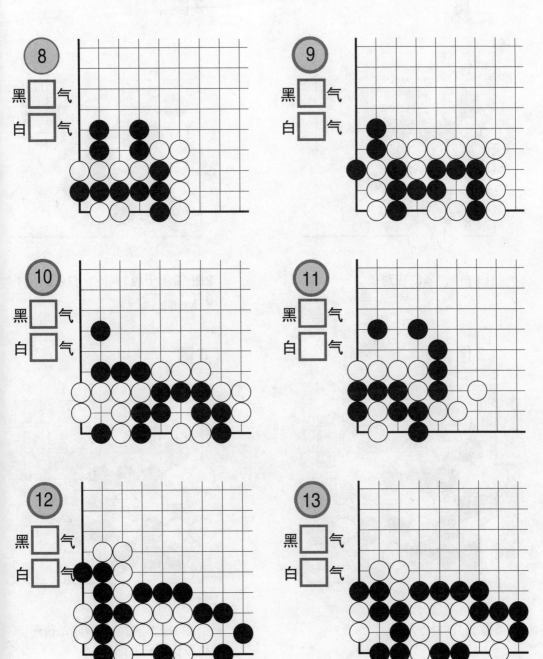

8
黑 ☐ 气
白 ☐ 气

9
黑 ☐ 气
白 ☐ 气

10
黑 ☐ 气
白 ☐ 气

11
黑 ☐ 气
白 ☐ 气

12
黑 ☐ 气
白 ☐ 气

13
黑 ☐ 气
白 ☐ 气

5-2 扑的收气法

1图

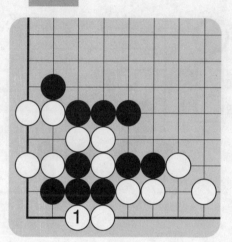

1图 白1，黑白在对杀。

2图

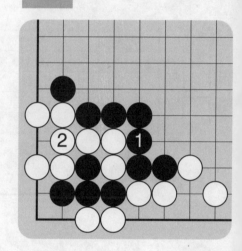

2图 简单于黑1叫吃，白2连，白3气，黑不行。

3图

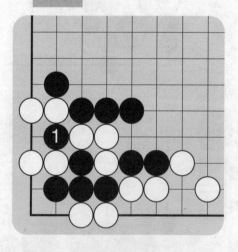

3图 黑1的扑是要领。

4图

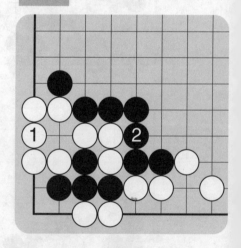

4图 白1提，黑2继续叫吃，白死。扑后减少了对方的气。

5-2. 扑的收气法

学习日期	月 日
检	

白1，白有几气？

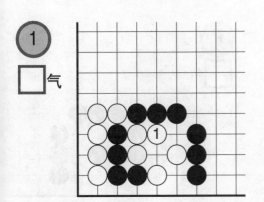

□气

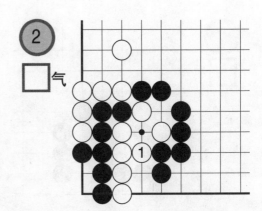

□气

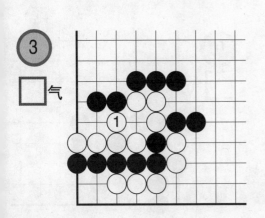

□气

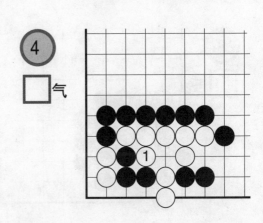

□气

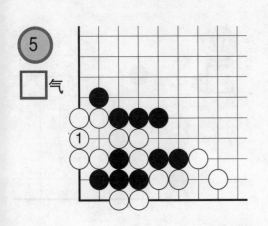

□气

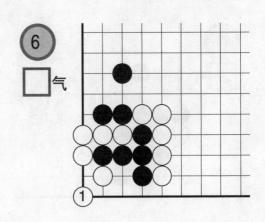

□气

5-2. 扑的收气法

请比较左右白棋的气数，并记下来。

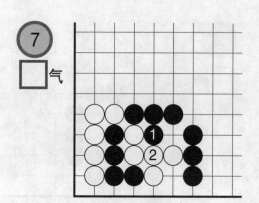

⑦ ☐气

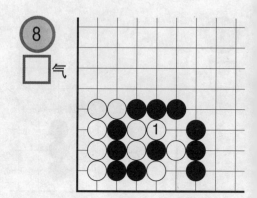

⑧ ☐气

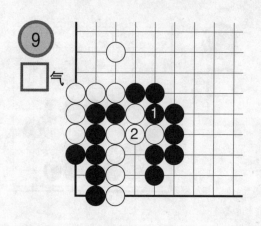

⑨ ☐气

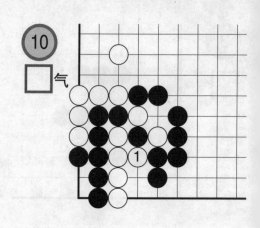

⑩ ☐气

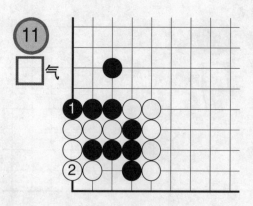

⑪ ☐气

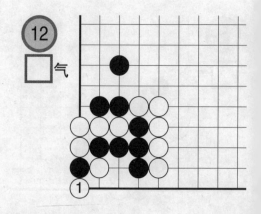

⑫ ☐气

5-2. 扑的收气法

学习日期	月	日
检		

在对杀中吃住白棋。

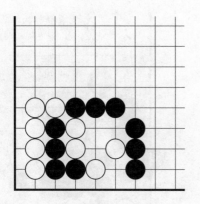

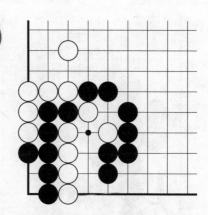

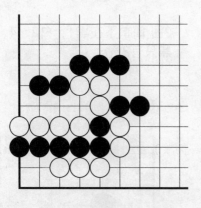

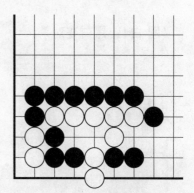

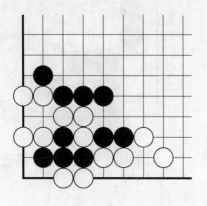

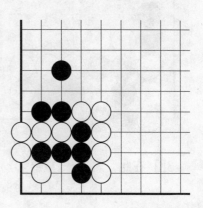

5-3 长气

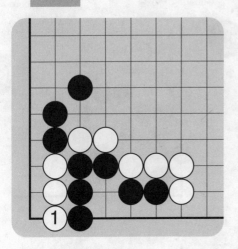

1图 白1，黑白在对杀。

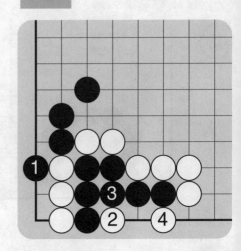

2图 简单下在黑1，白2、4，黑死。黑只有2气。

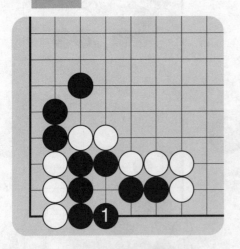

3图 在此，黑1长气重要。

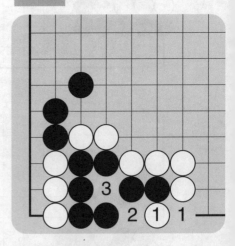

4图 白1，别无选择。黑已经成了3气。

5-3. 长气

黑●与白⚠在对杀，请黑长气。（杀白棋）

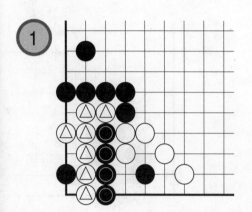

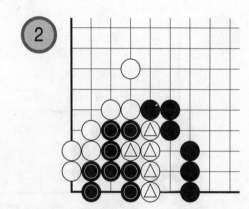

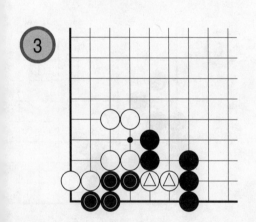

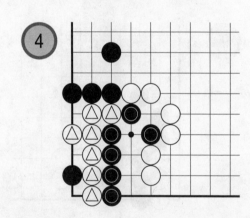

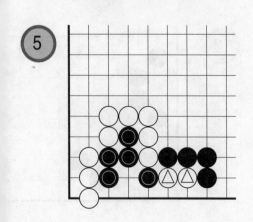

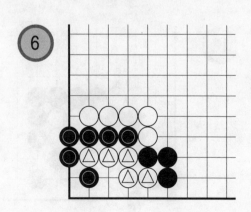

5-3. 长气

白1，请黑棋找出长气的一手棋。（1手）

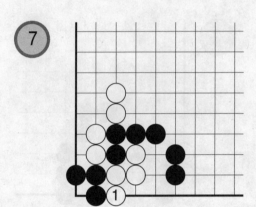

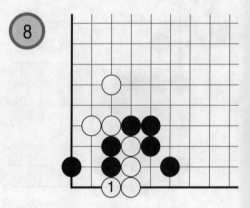

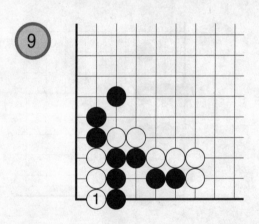

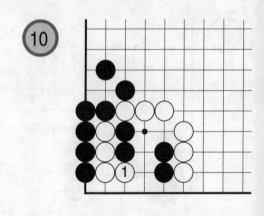

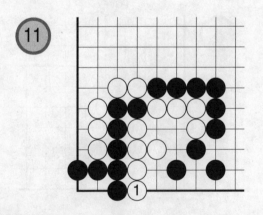

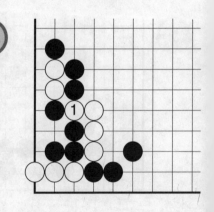

5-3. 长气

白1，请黑棋找出长气的一手棋。

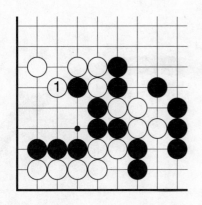

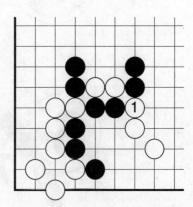

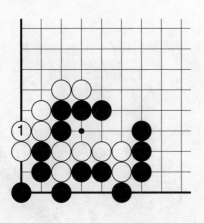

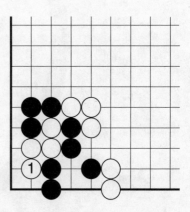

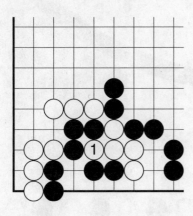

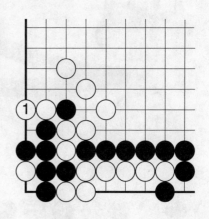

6 连

1图

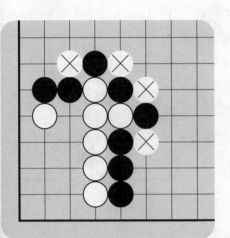

1图 黑的模样弱点（X）很多。找出有效的连接方法。

2图

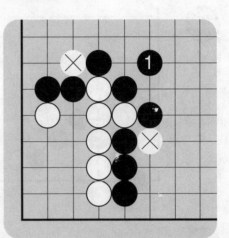

2图 黑1的双虎口是非常好的连接方法。白在X处断被征，不成立。

3图

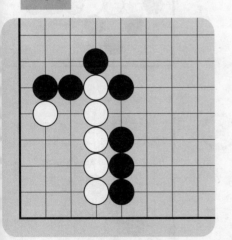

3图 看一下更难的形。怎样有效的连接黑棋？

4图

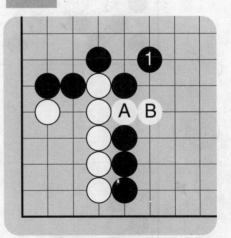

4图 即使白A和黑B交换，黑1同样是最好的一手。

6. 连

找出连接黑棋断点的有效方法。

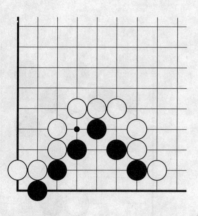

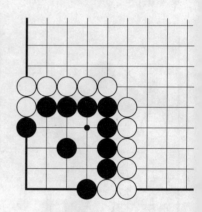

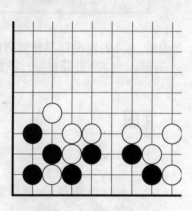

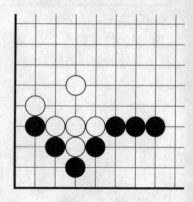

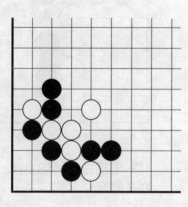

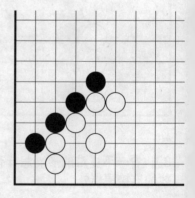

6. 连

找出连接黑棋断点的有效方法。

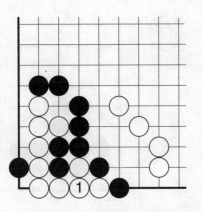

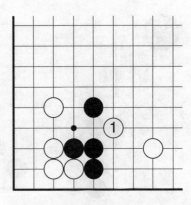

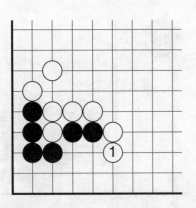

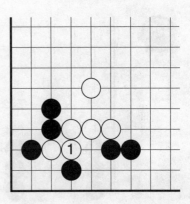

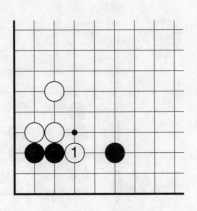

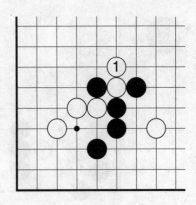

6. 连

找出左右相连的方法。

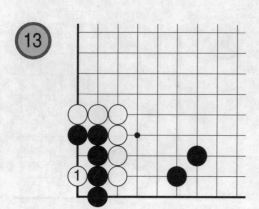

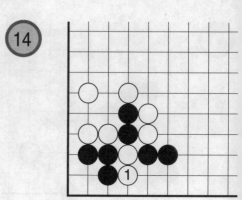

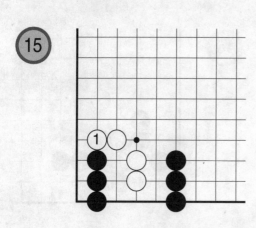

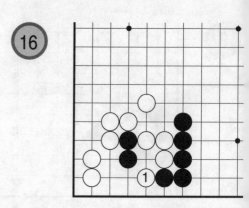

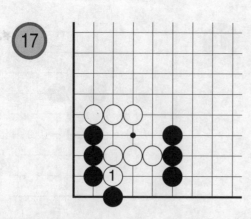

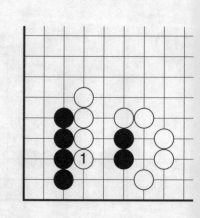

6. 连

<table>
<tr><td>学习日期</td><td></td></tr>
<tr><td>检</td><td></td></tr>
</table>

找出有效连接黑棋断点的方法。

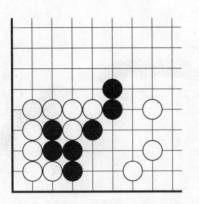

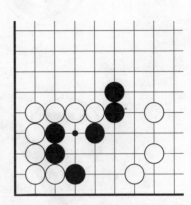

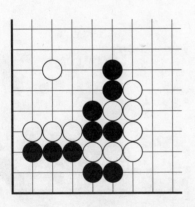

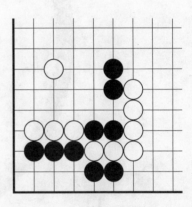

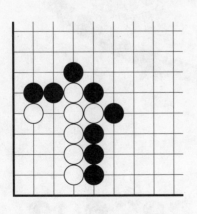

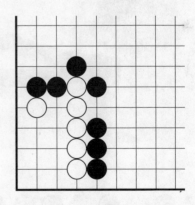

7 断

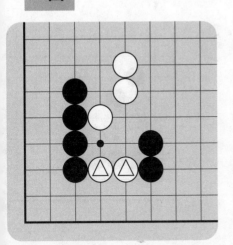

1图 想一下断白△的方法。

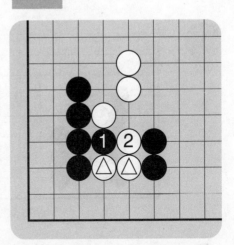

2图 黑1则白2虎，黑棋不能断白棋。

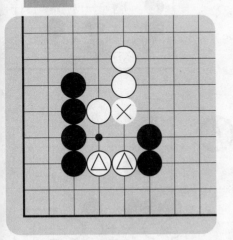

3图 这里X是白棋双的急所。

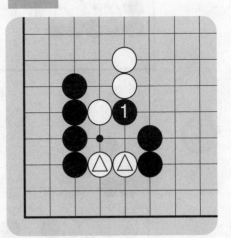

4图 黑1先下在此处，可断白棋。双的地方是急所。

 # 7. 断

在双的地方断白△。

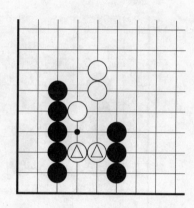

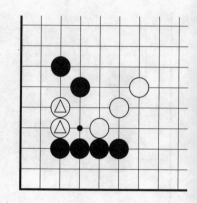

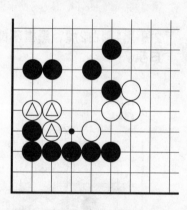

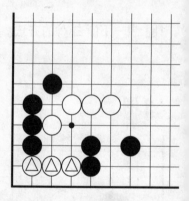

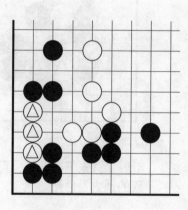

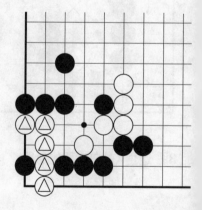

66

7. 断

在双的地方断白△。

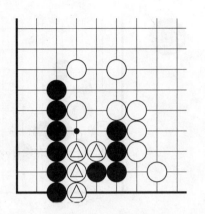

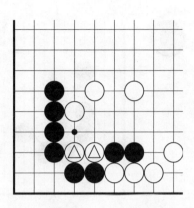

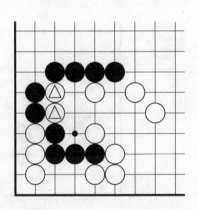

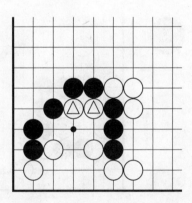

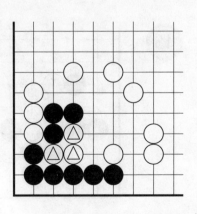

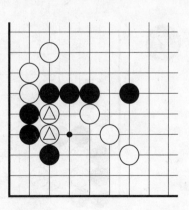

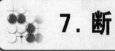

7. 断

白1，在双的地方吃白棋。

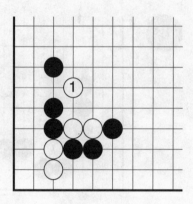

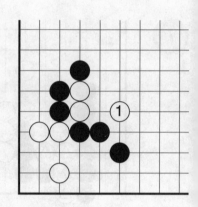

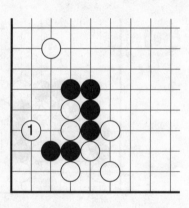

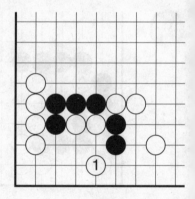

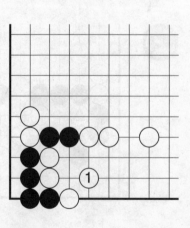

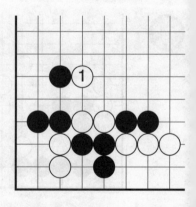

7. 断

请断白△或吃白。

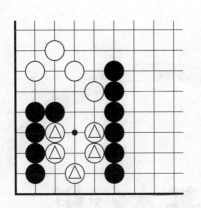

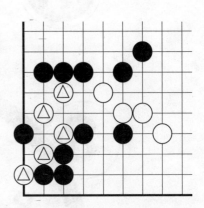

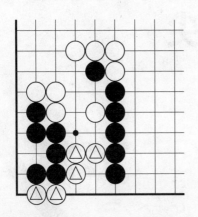

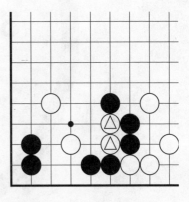

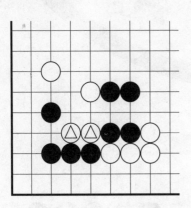

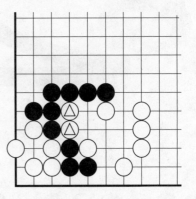

SUCHENG
WEIQI

⑧

8-1 基本行棋

8-2 尖

8-1 基本行棋

1图　　　　　　长

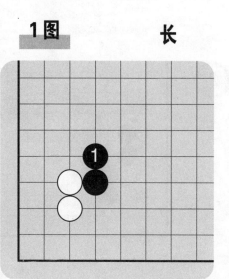

2图　　　　　　扳

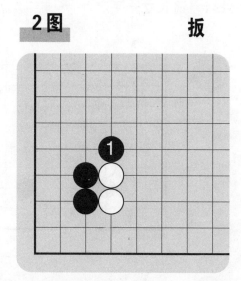

3图　　　　一间跳

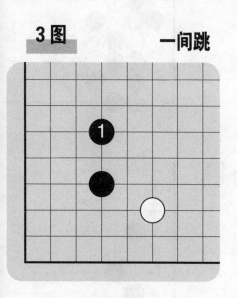

4图　　　　二间跳

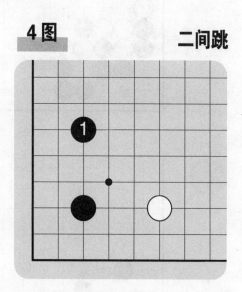

8-1. 基本行棋

学习日期	月　日
检	

白1，请长立一手。

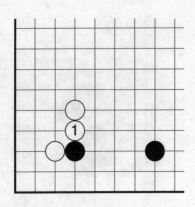

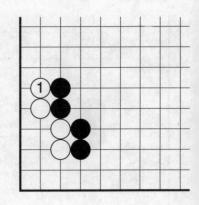

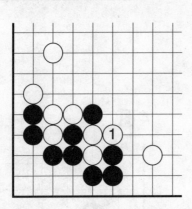

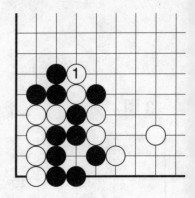

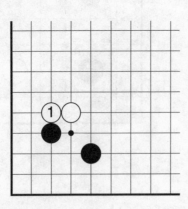

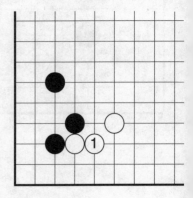

8-1. 基本行棋

学习日期	月 日
检	

白1，请扳一手。

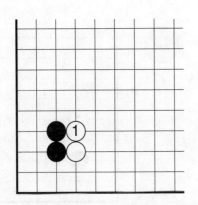

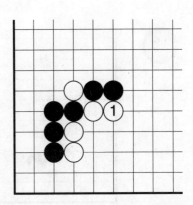

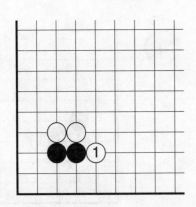

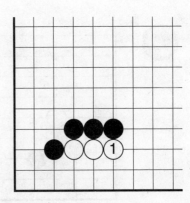

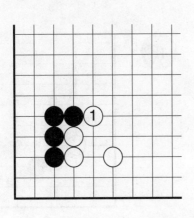

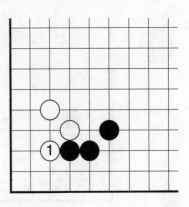

8-1. 基本行棋

白1，请跳一间跳或二间跳。

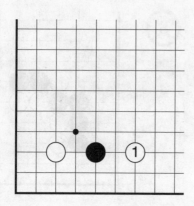

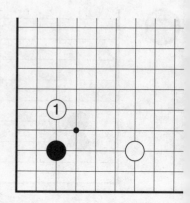

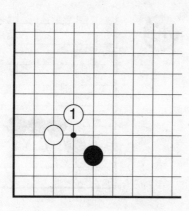

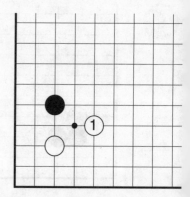

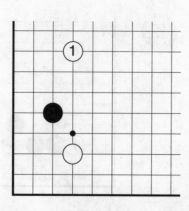

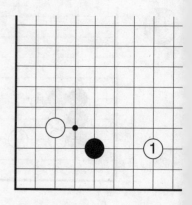

1图

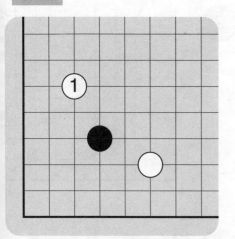

1图 白1攻，想一下黑棋的下法。

2图

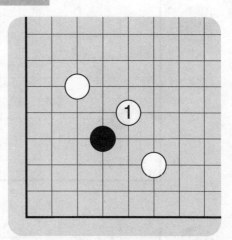

2图 黑脱先则白1封锁黑一子。

3图

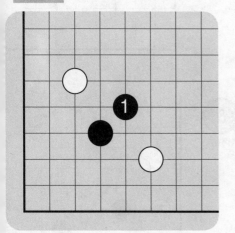

3图 这里黑1坚实，是尖的下法。

4图

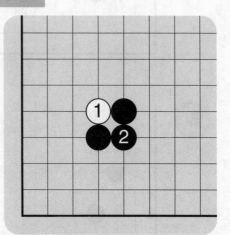

4图 尖的优点是切不断。白1断则黑2连。

8-2. 尖

白1，黑◉小尖守角。

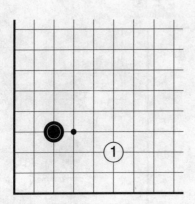

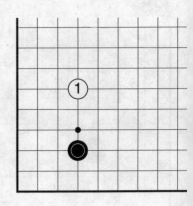

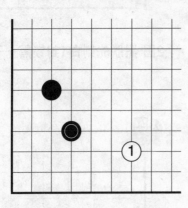

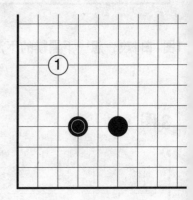

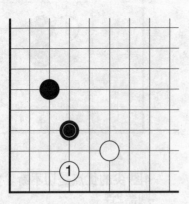

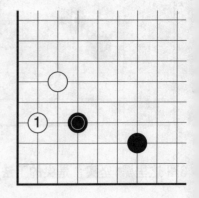

8-2. 尖

白1，黑●向中央小尖出头。

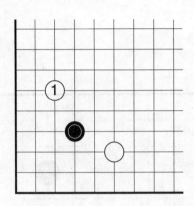

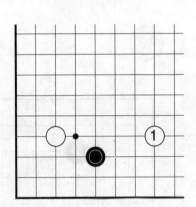

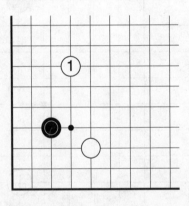

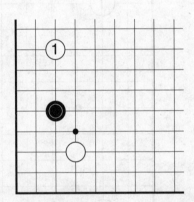

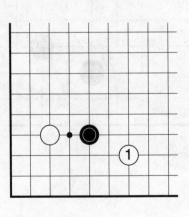

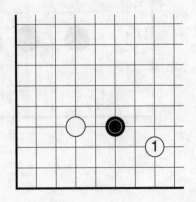

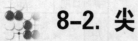 **8-2. 尖**

白1，请小尖守角。

13

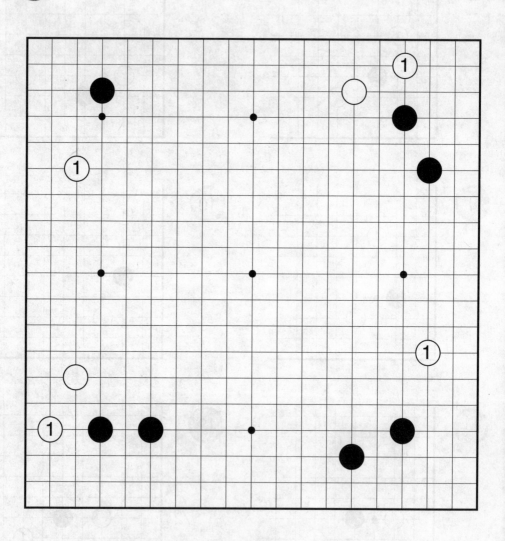

78

 **8-2. 尖**

学习日期	月 日
检	

白1，请向中央小尖一手。

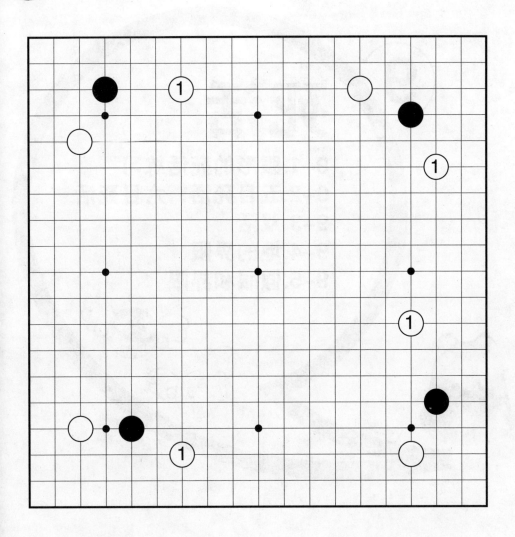

SUCHENG
WEIQI

9

死活

9-1.眼形的死活练习
9-2.五目死活，六目死活
9-3.双活
9-4.地的界限
9-5.假眼和界限

9-1 眼形的死活练习

1图

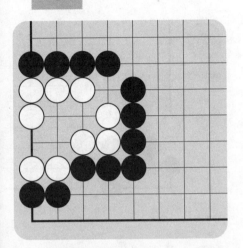

1图 白棋的死活。

2图

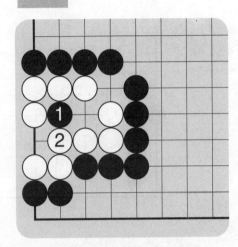

2图 黑1，则白2活棋。

3图

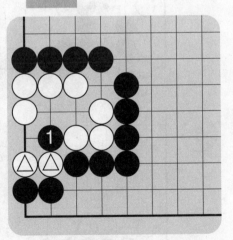

3图 但白棋有弱点，黑1，白△被叫吃，白全体不活。

4图

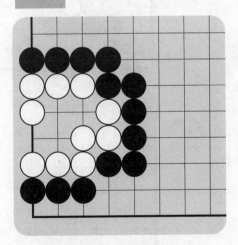

4图 这是曲四的完整活形，请与前图比较。

9-1.眼形的死活练习

学习日期	月　　日
检	

黑先活。

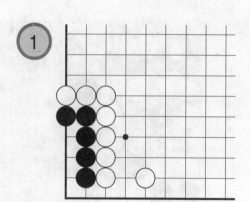

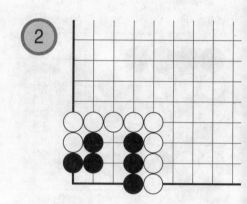

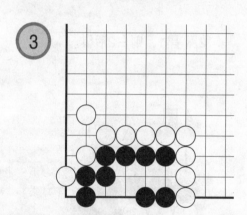

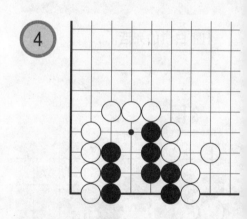

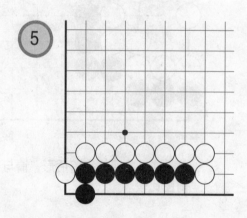

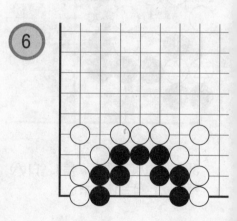

82

9-1.眼形的死活练习

黑先白死。

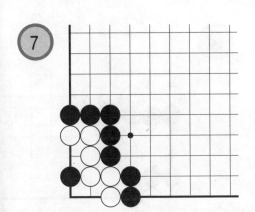

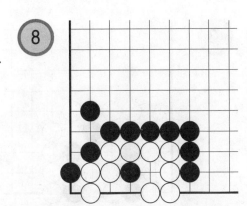

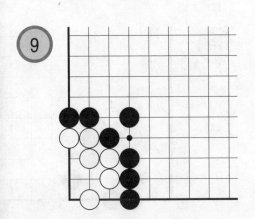

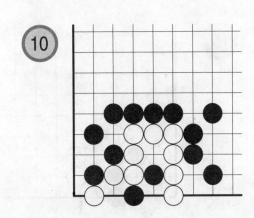

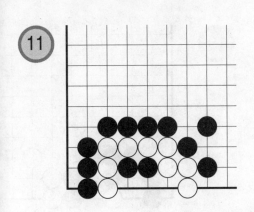

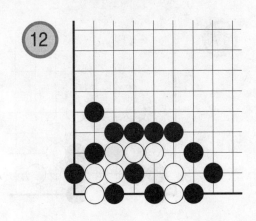

9-1.眼形的死活练习

学习日期	月 日
检	

黑先活。

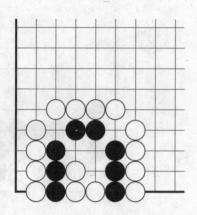

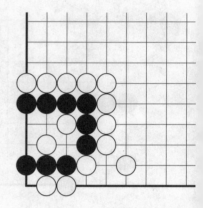

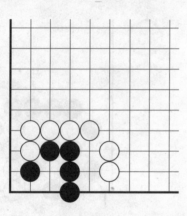

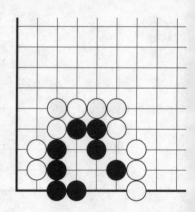

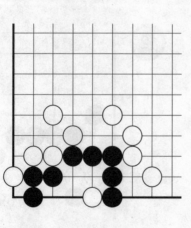

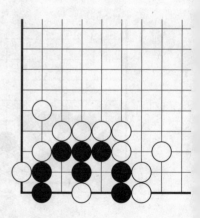

9-1.眼形的死活练习

学习日期	月	日
检		

黑先白死。

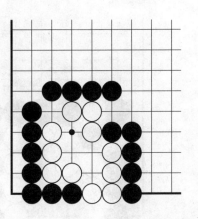

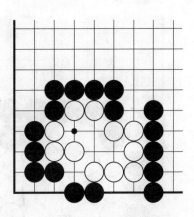

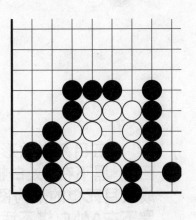

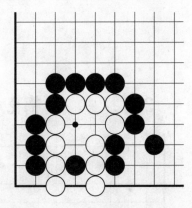

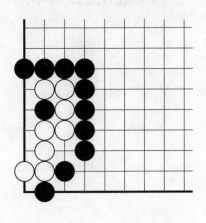

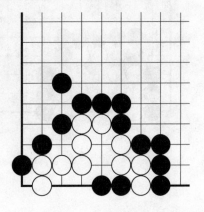

9-2 五目死活，六目死活

1图　　　梅花五

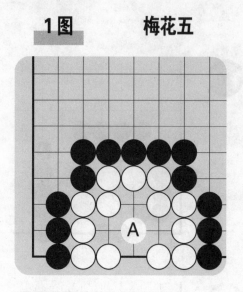

2图　　　刀把五

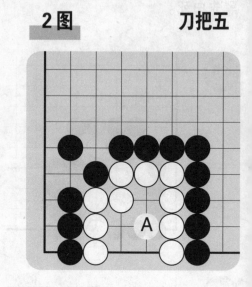

3图　　　梅花六

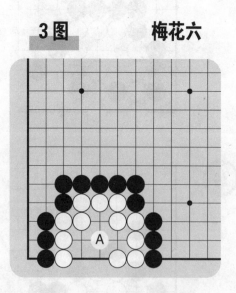

成五目死棋的形为图1、图2。黑下在A处白棋不活。成六目死棋的形为图3。黑下在A处白棋不活。

86

9-2. 五目死活，六目死活

从1到6，区分死形和活形，标在括弧里。

1　　活形（　　　），死形（　　　）

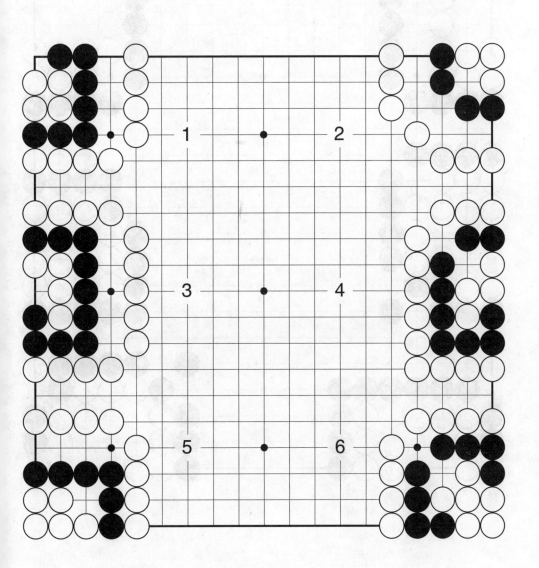

9-2. 五目死活，六目死活

黑先白死。

2

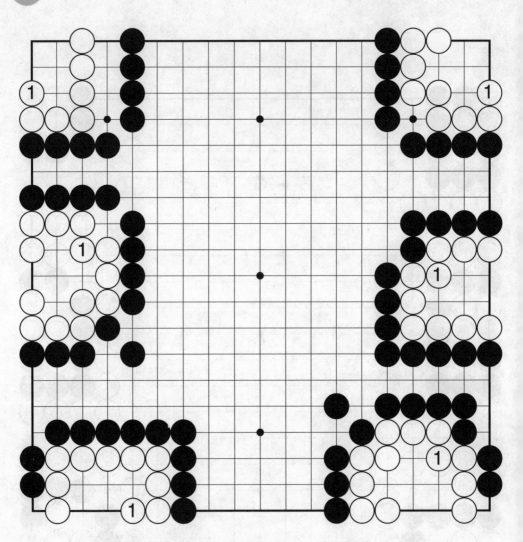

9-2. 五目死活，六目死活

黑先活。

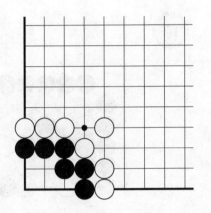

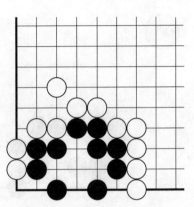

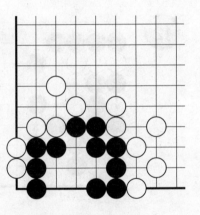

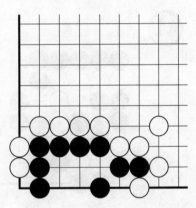

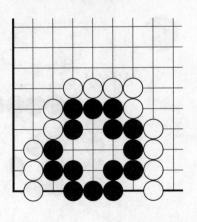

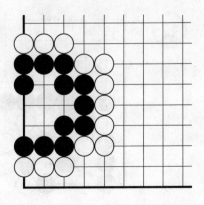

9-2. 五目死活，六目死活

请想着死棋的眼形，吃白。

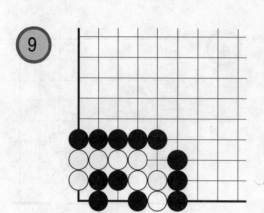

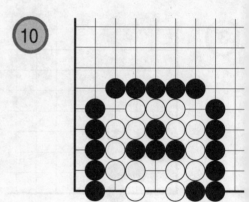

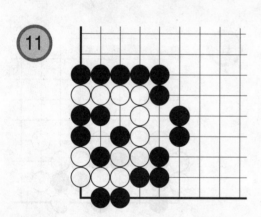

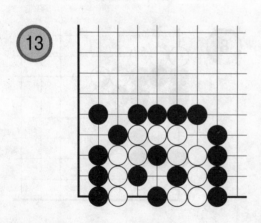

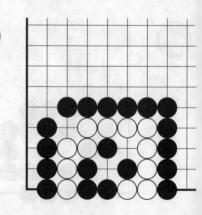

9-3 双活

1图

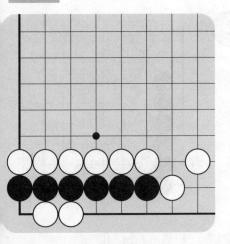

1图 想一下黑棋的死活。

2图

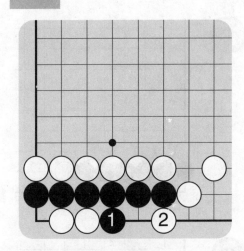

2图 黑1则白2，黑不活。

3图

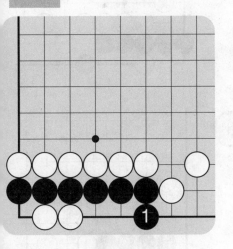

3图 这里黑1正确。

4图

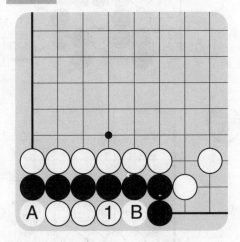

4图 这个形状白1后，白下在A或B，黑提后都是活棋。所以，这里是双活。

9-3. 双活

学习日期	月	日
检		

请做出双活。

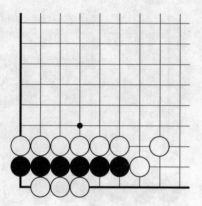

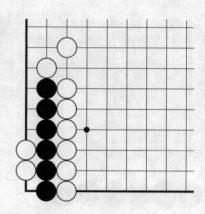

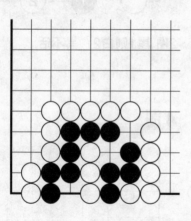

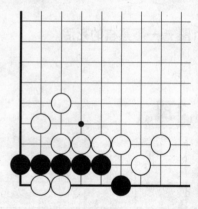

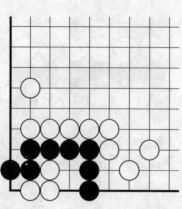

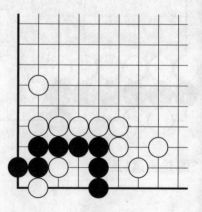

9-3. 双活

请做出双活。

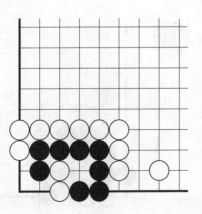

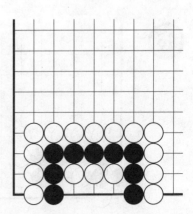

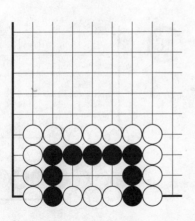

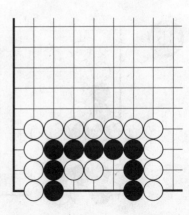

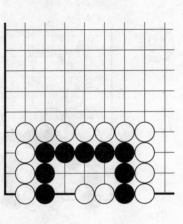

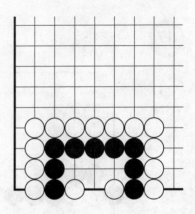

9-3. 双活

请做出双活。

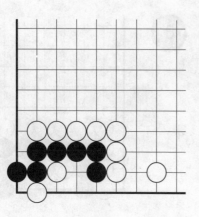

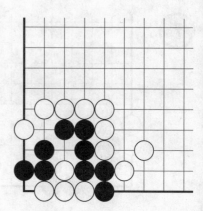

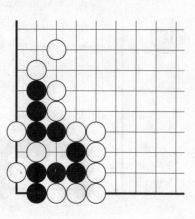

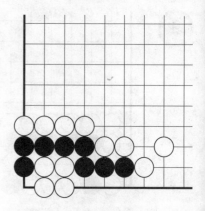

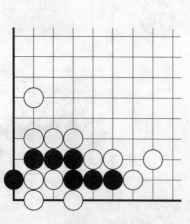

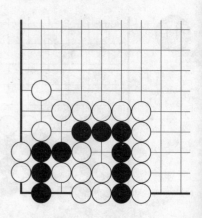

9-4　地的界限

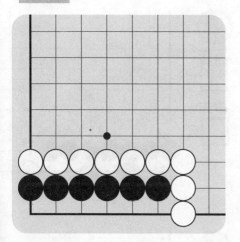

1图　想一下黑地的界限。

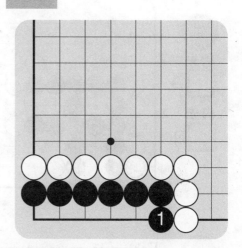

2图　黑1后此处成为黑棋的界限。黑棋为5目。

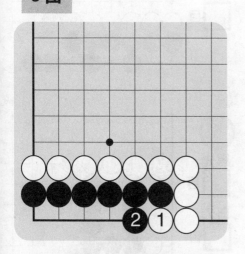

3图　相反，白1，则黑2挡的地方成为界限。黑棋4目棋。

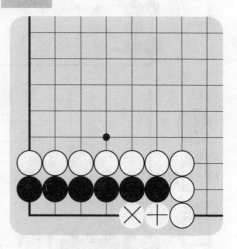

4图　结果，根据谁先下子地的界限也随之变化。（×或＋）

9-4. 地的界限

学习日期		月 日
检		

黑地为几目？各标出黑先下和白先下之后的目数。

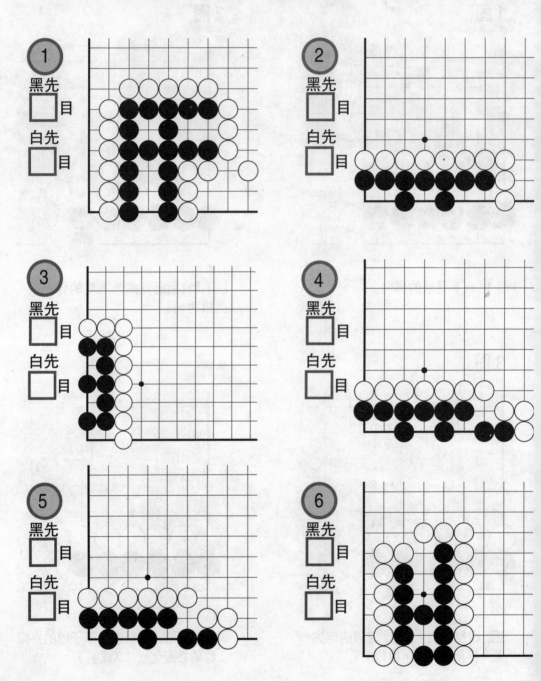

9-4. 地的界限

黑地为几目？各标出黑先和白先下之后的目数。

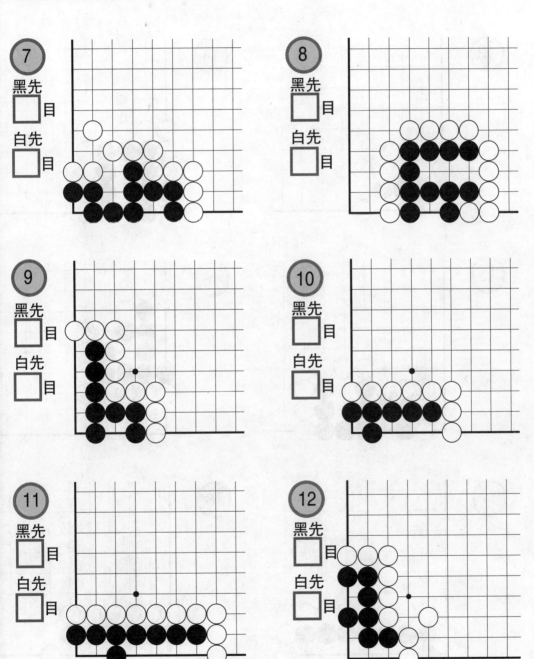

7

黑先
☐ 目

白先
☐ 目

8

黑先
☐ 目

白先
☐ 目

9

黑先
☐ 目

白先
☐ 目

10

黑先
☐ 目

白先
☐ 目

11

黑先
☐ 目

白先
☐ 目

12

黑先
☐ 目

白先
☐ 目

9-4. 地的界限

黑活棋标O，先下活棋标△，死棋标X。

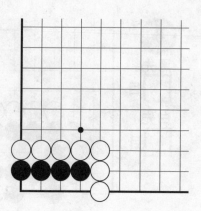

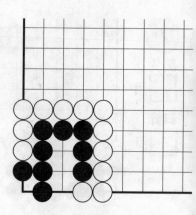

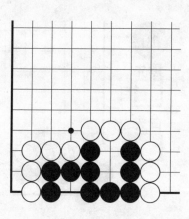

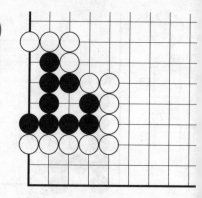

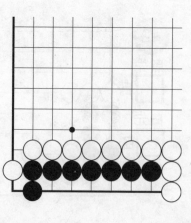

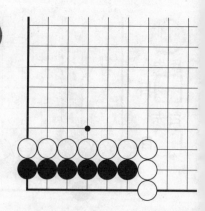

9-4.地的界限

黑活棋标O，先下活棋标△，死棋标X。

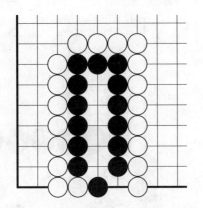

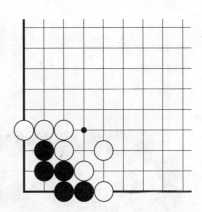

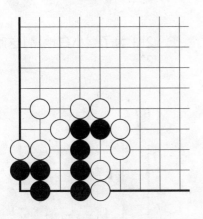

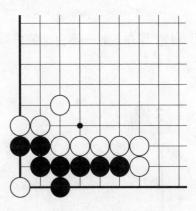

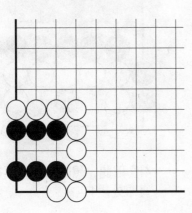

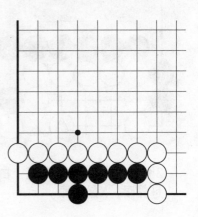

1图

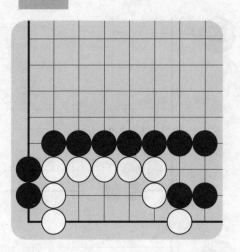

1图 黑先，想一下白地的界限。

2图

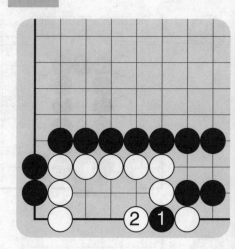

2图 为了缩小白地黑1送吃，白2提。

3图

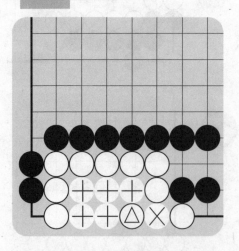

3图 这里，＋处是真眼，白△是界限，Ｘ是假眼。

4图

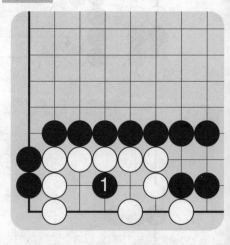

4图 因此，想吃白棋就要在白的真眼处黑1点。

9-5. 假眼和界限

黑扑时，假眼标X，界限标△，真眼标O。

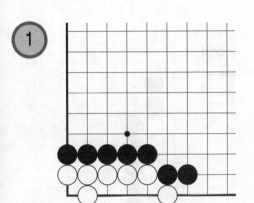

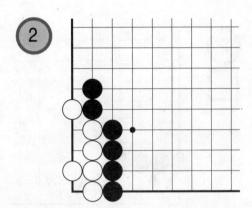

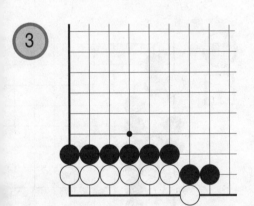

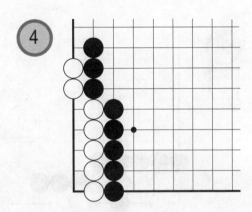

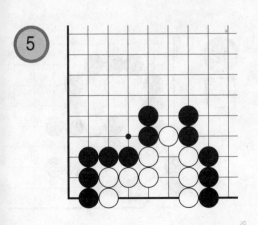

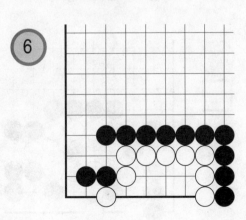

9-5. 假眼和界限

检

送吃后能吃白棋，标〇，不能标Ｘ。

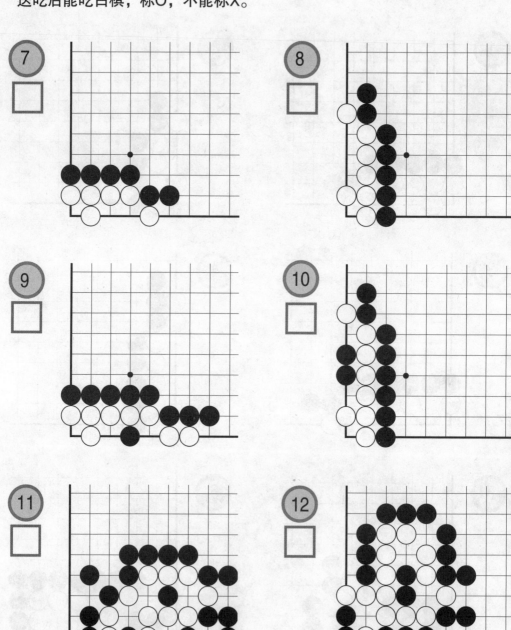

9-5. 假眼和界限

学习日期	月　日
检	

从进口开始顺着活形走出来。

 13

进口

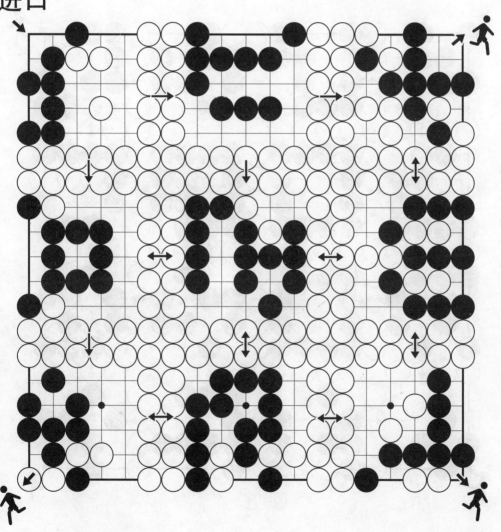

9-5. 假眼和界限

学习日期	月 日
检	

从进口开始顺着活形走出来。

进口

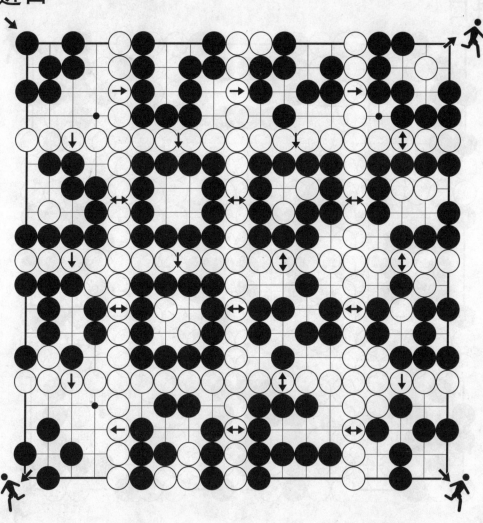

围棋小常识

必须记住的布局要领

1图

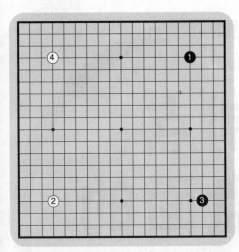

1图 顺序1：占空角。

2图

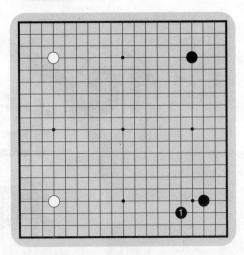

2图 顺序2:守自己的角。

3图

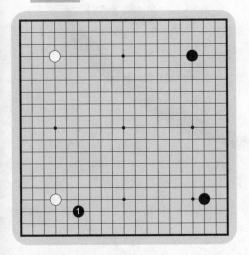

3图 顺序2:挂角战斗。

4图

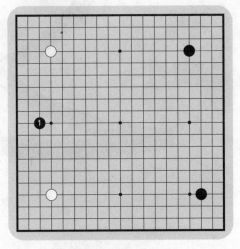

4图 顺序2:占边。

SUCHENG WEIQI

10 控制点和盘面的大点

1 图

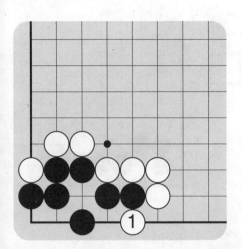

1图 白1，黑如何下？

2 图

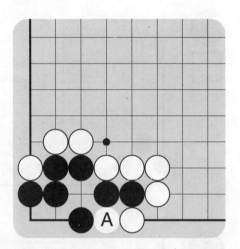

2图 先想黑棋的死活。A处是黑棋的控制点。

3 图

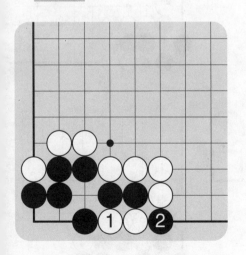

3图 白1不成立，黑2吃白。

4 图

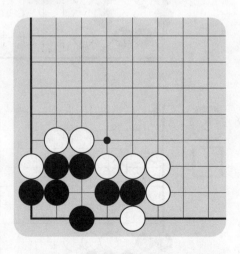

4图 因此，黑已经活棋。1图的白1是后手，黑不用管。

10. 控制点和盘面的大点

A是黑的控制点标O，白的控制点标X，双方都可下标△。

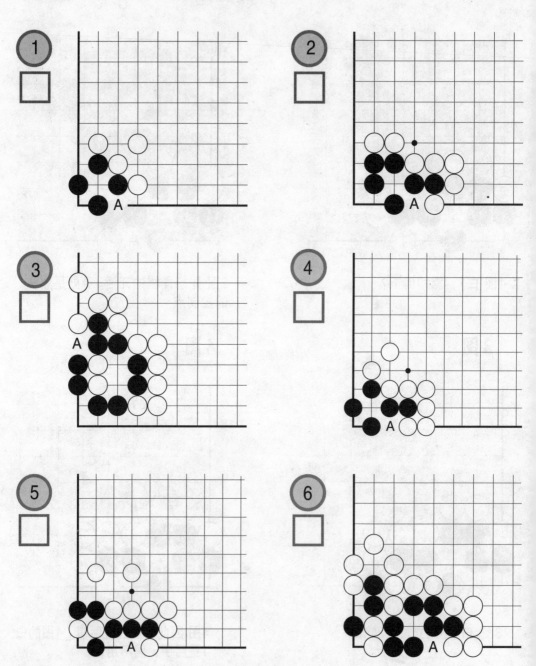

10. 控制点和盘面的大点

学习日期	月 日
检	

A是黑的控制点标O，白的控制点标X，双方都可下标△。

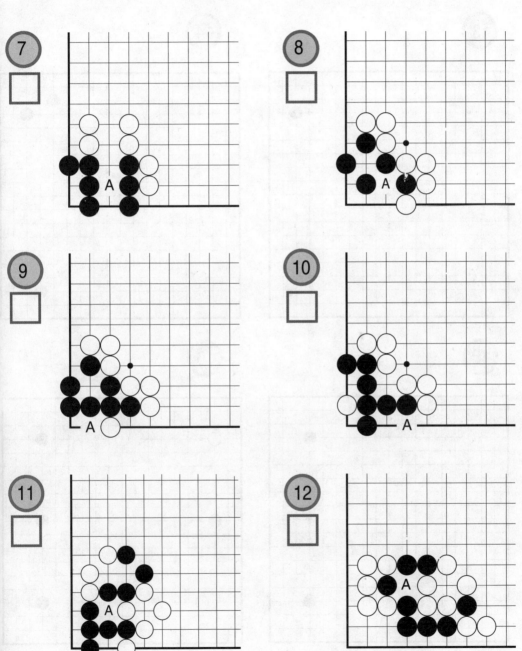

10. 控制点和盘面的大点

白1，黑找出盘面的大点。

13

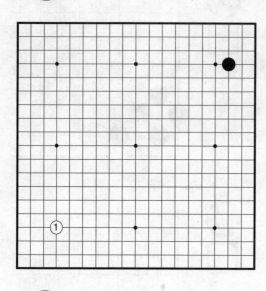

14

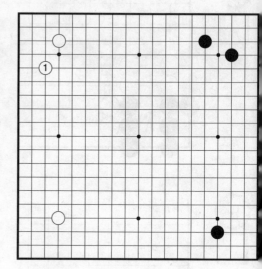

15

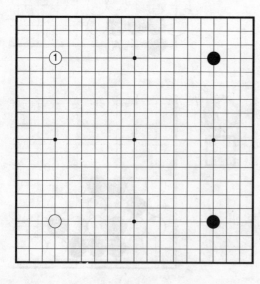

16

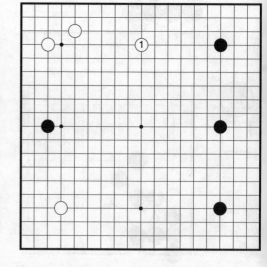

10. 控制点和盘面的大点

学习日期	月　日
检	

白1，黑应下在这里，还是下在大场，请下一手。

17

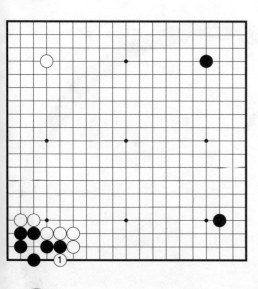

18

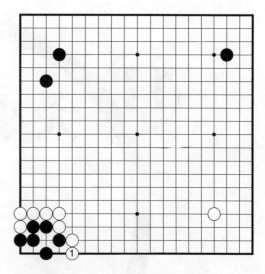

19

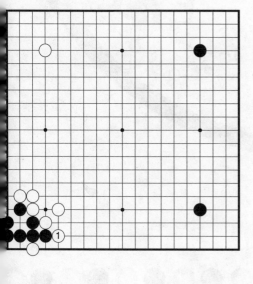

20

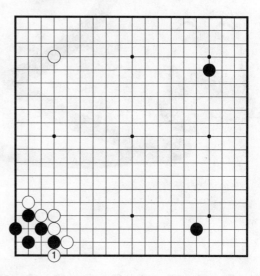

11 大小

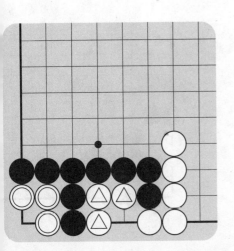

1图 白△和白◎中吃哪个更大？

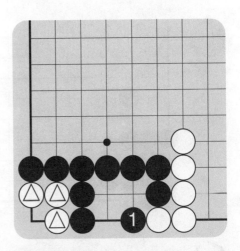

2图 黑1更大。因白◎无法活棋。

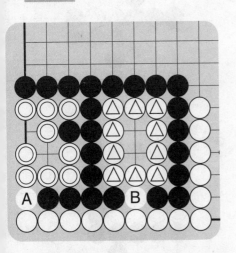

3图 在A、B中B更大，A处是
白棋已活的棋。

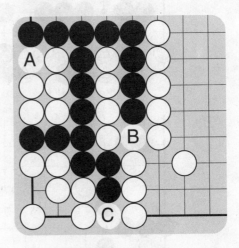

4图 在A、B、C中B最大。因为是
白可救活的子。

11. 大小

在白△和白◎中吃大的。（1手）

学习日期	月　日
检	

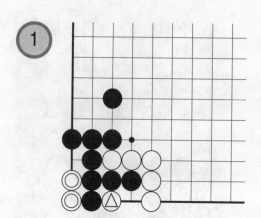

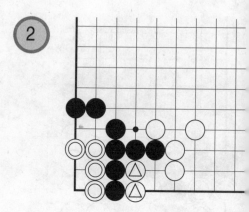

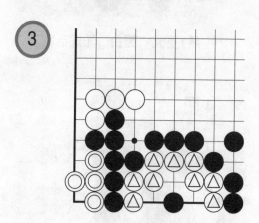

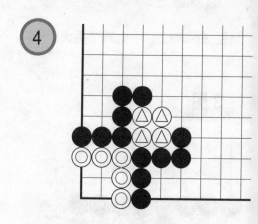

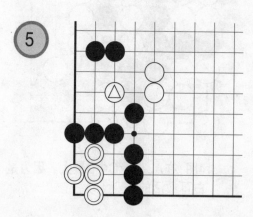

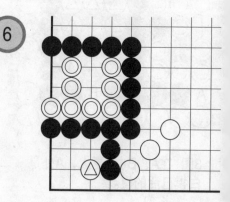

11. 大小

在A、B中标出最大的，标O。

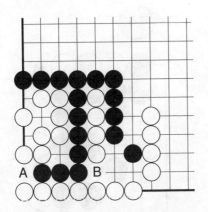

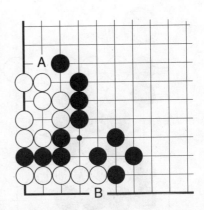

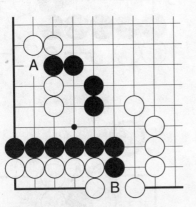

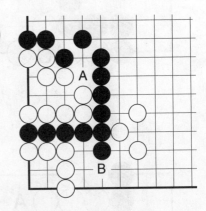

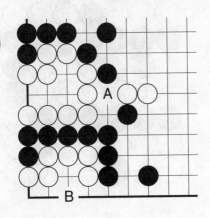

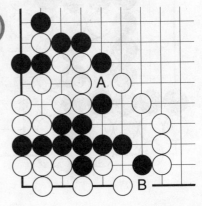

11. 大小

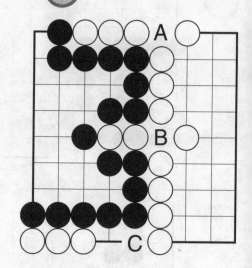

学习日期　月　日

检

在A、B、C中标出最大的，标O。

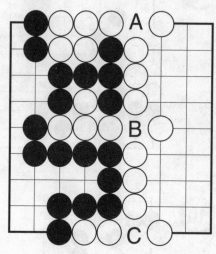

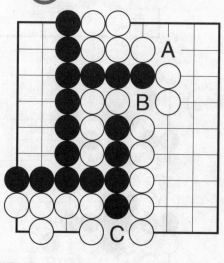

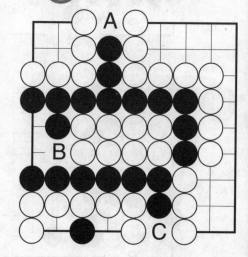

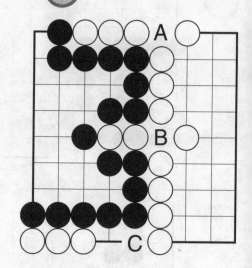

116

11. 大小

在被叫吃的白棋中找出最大的标O，最小的标X。

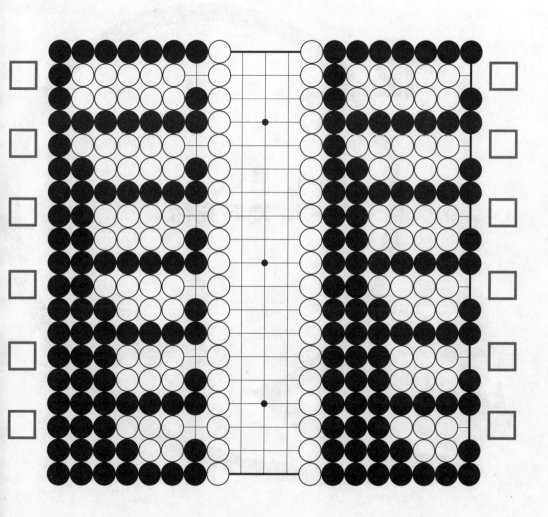

12 劫

12-1. 胜劫
12-2. 劫与死活

12-1 胜劫

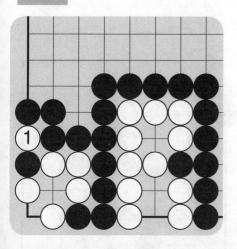

1图 白1提劫，黑不能马上反提。

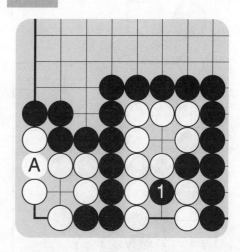

2图 黑1必须在别处下一手。这就是劫。

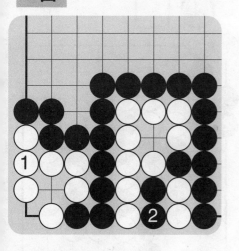

3图 白1粘劫，黑2吃白棋。

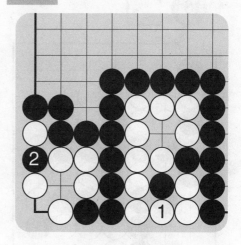

4图 白1应一手，黑2重新提劫。

12-1.胜劫

白1提劫。为了劫胜，黑2下的正确标O。相反标X。

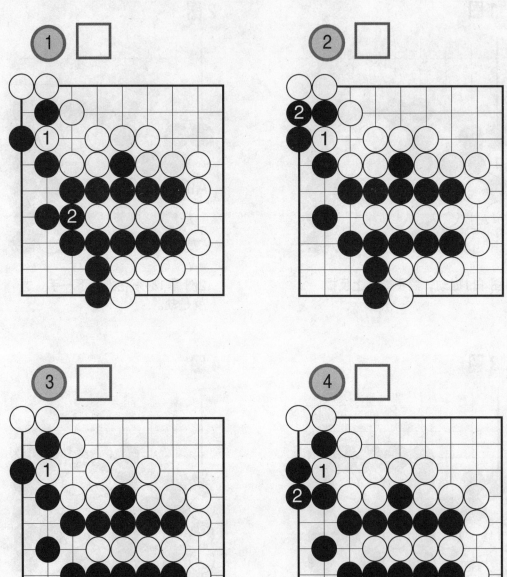

12-1.胜劫

白1提劫。为了劫胜，黑2下的正确标O 。相反标X。

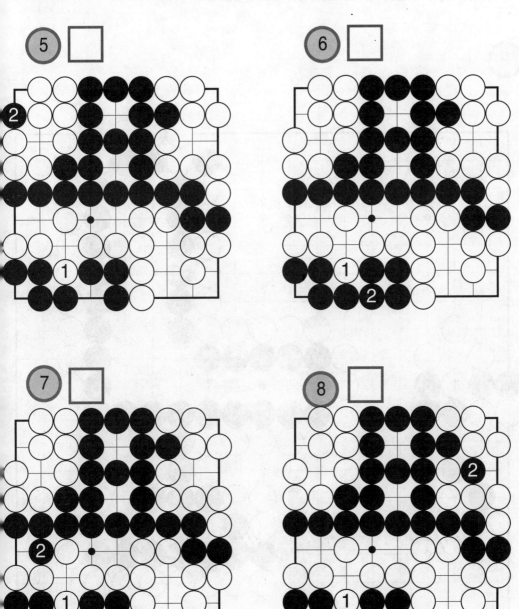

12-1.胜劫

白1提劫。为了劫胜，找出三处可下的地方标〇。

 9

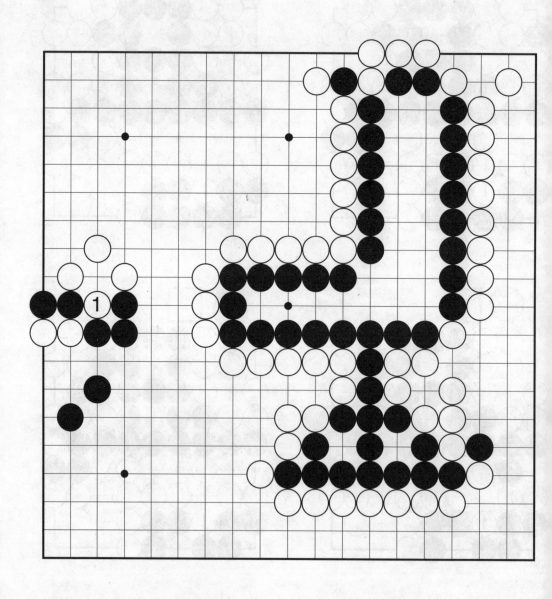

12-1.胜劫

白1提劫。为了劫胜，找出三处可下的地方标O。

10

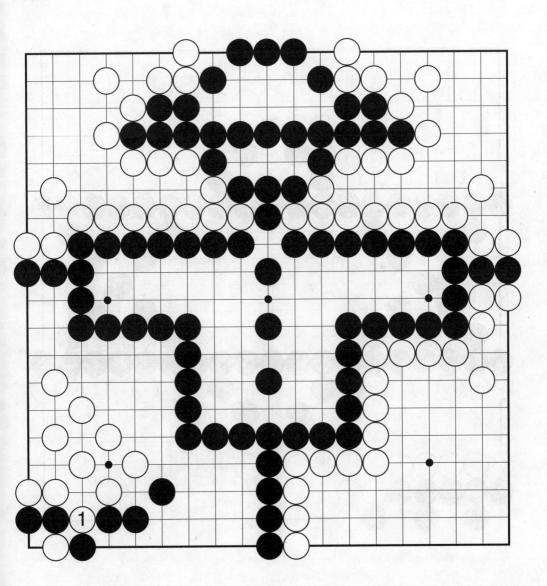

12-1.胜劫

黑1提劫。为了劫胜请白找出二处可下的地方标○。

⑪

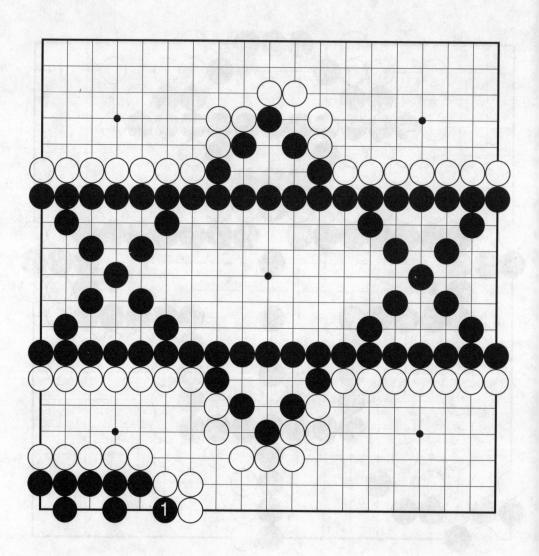

12-2 劫与死活

1图

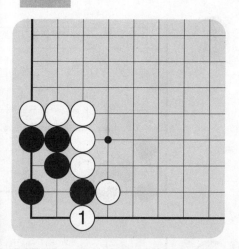

1图 白1，想一下黑棋的死活。

2图

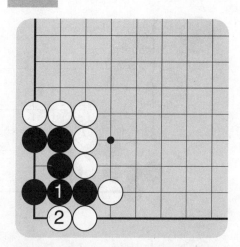

2图 黑1连，白2，黑死。

3图

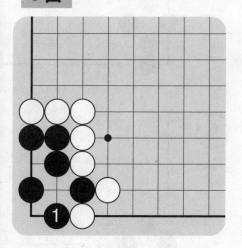

3图 因此，黑棋1位打劫。

4图

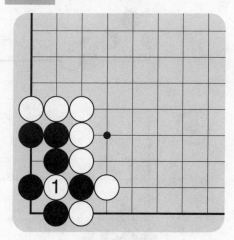

4图 根据这个劫的输赢黑棋可能活棋也可能死棋。

12-2.劫与死活

黑先劫。

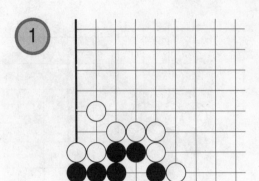

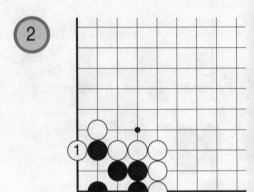

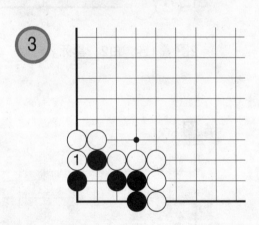

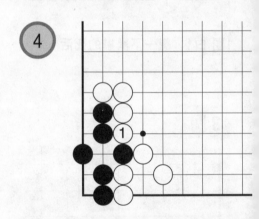

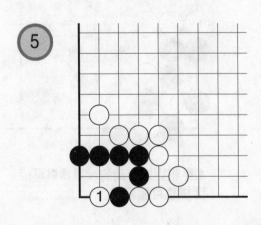

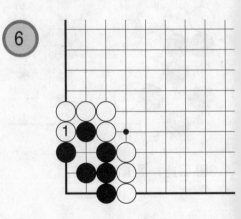

12-2. 劫与死活

黑先劫。

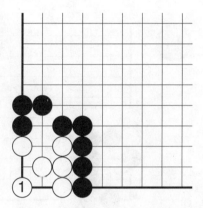

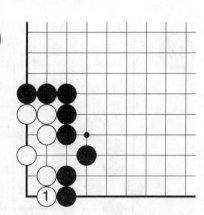

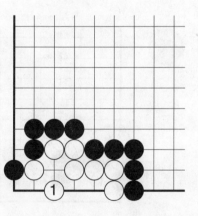

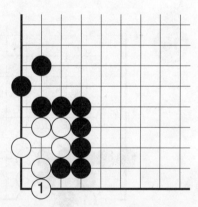

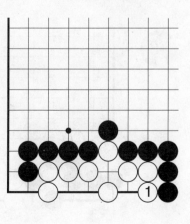

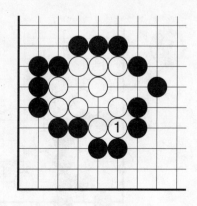

12-2. 劫与死活

黑先劫。

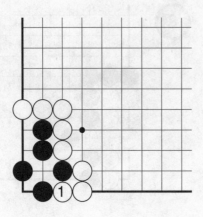

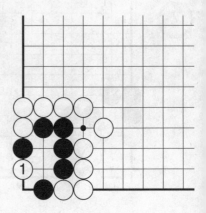

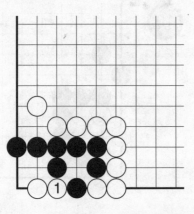

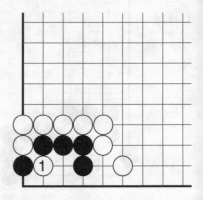

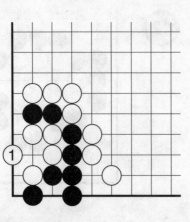

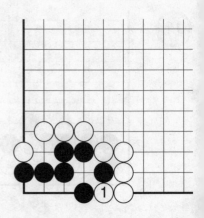

12-2. 劫与死活

学习日期	月	日
检		

黑先劫。

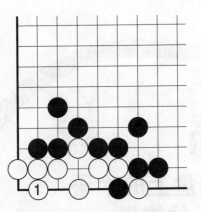

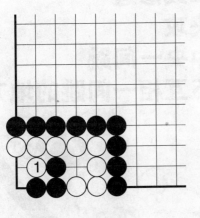

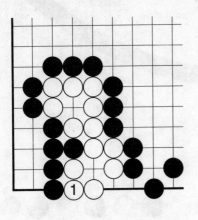

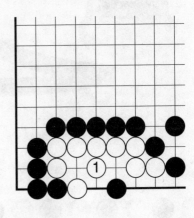

布局

13-1. 棋盘上的术语

13-2. 二线渗透

13-3. 夹攻

13-4. 中央一间跳

13-5. 下互相一间跳的地方

13-1 棋盘上的术语

1图 星

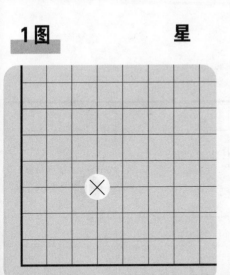

1图 在棋盘上有9个星点。

2图 小目

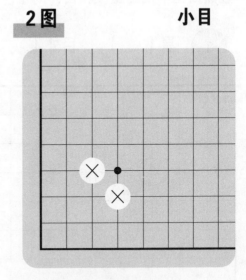

2图 在角部星位的下端。

3图 高目

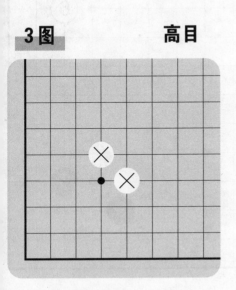

3图 在角部星位的上端。

4图 目外

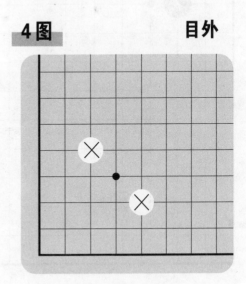

4图 在角部标X的地方。

在黑白当中找出星位和目外的子。并标出。

1 星（   ）。目外（   ）。

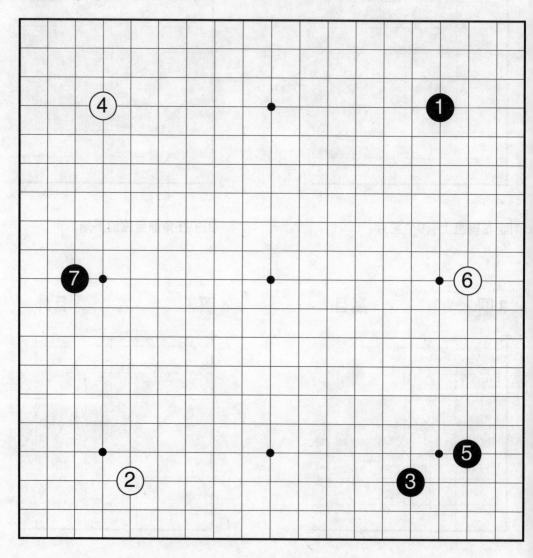

13-1. 棋盘上的术语

在黑白当中找出小目和高目的子。并标出。

2 小目（　　）。高目（　　）。

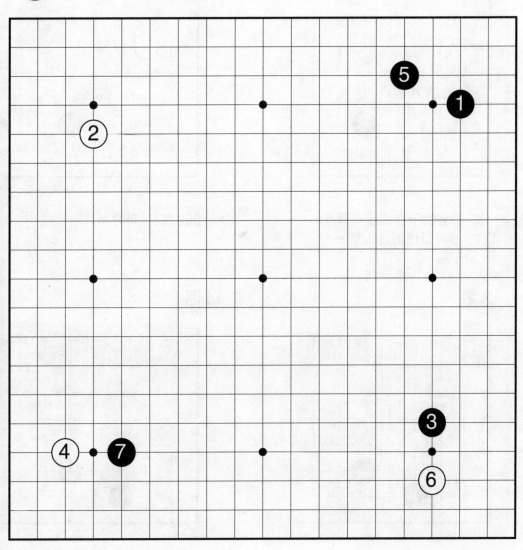

1图

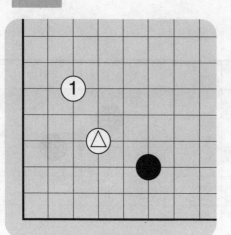

1图 四线的子在二线有弱点。
白1，参考四线的白△想一
下下一手。

2图

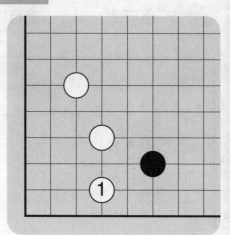

2图 白1，可守角。

3图

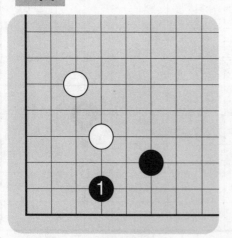

3图 黑1在二线渗透是好棋。

4图

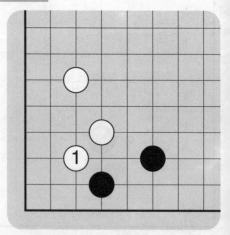

4图 白1守角，黑在边上二间拆
一手。

13-2. 二线渗透

黑在四线白△的下面下二线。（1手）

1

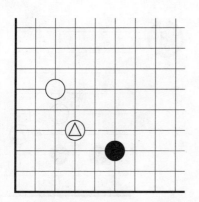

2

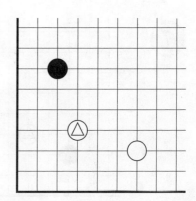

3

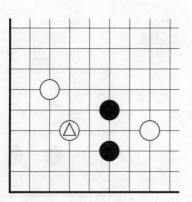

4

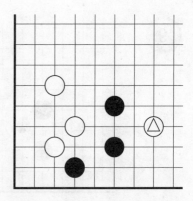

5

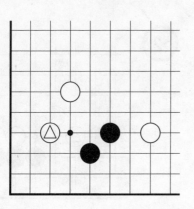

6

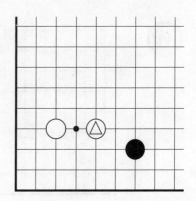

13-2. 二线渗透

学习日期	月 日
检	

黑在四线白△的下面下二线。（1手）

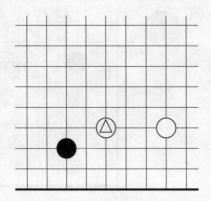

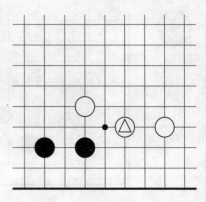

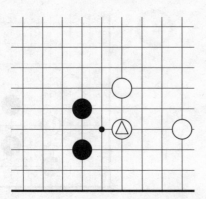

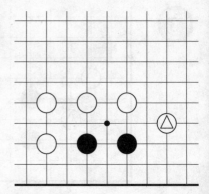

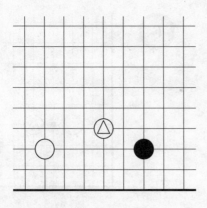

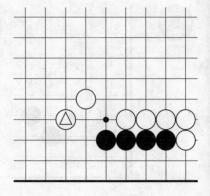

13-2. 二线渗透

白1，黑在白△的下面下二线。

13

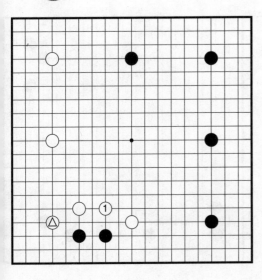

14

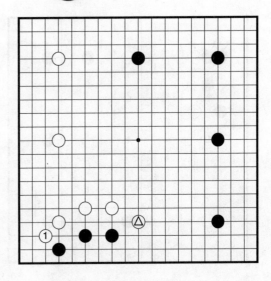

15

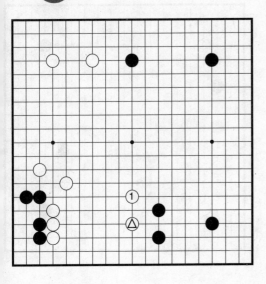

16

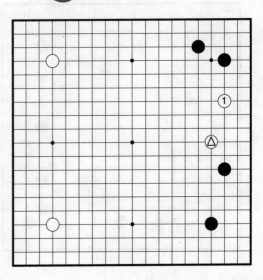

13-2. 二线渗透

白1，黑在白△的下面下二线。

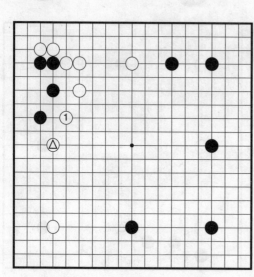

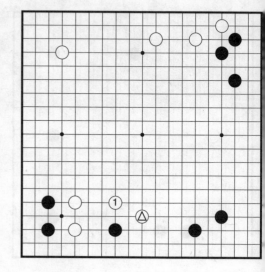

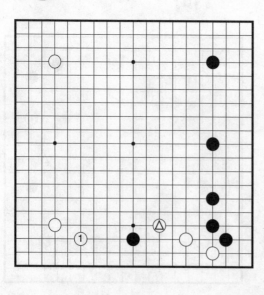

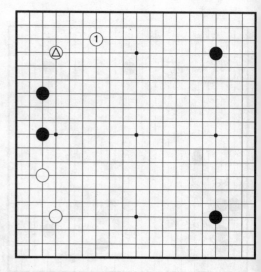

(13-3) 夹攻

1图

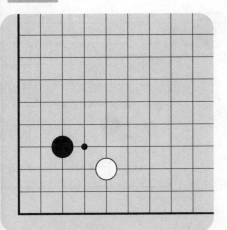

1图 夹攻是从两侧进行攻击。
我们来攻白棋。

2图

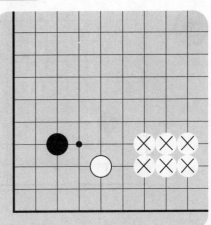

2图. 这里夹攻白棋的位置是X处。

3图

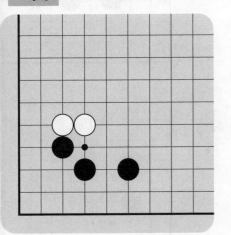

3图 看一下另一个情况。夹攻
这块白棋的方法。

4图

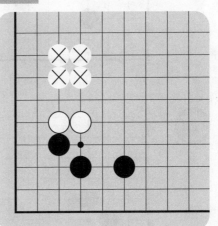

4图 X处是夹攻位置。应记住是
在三线和四线。

13-3.夹攻

请在三线一间夹攻白棋。

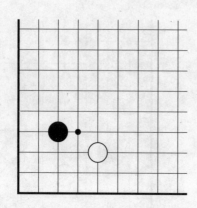

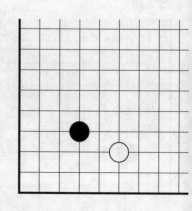

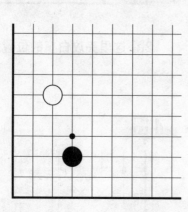

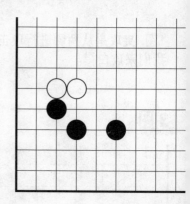

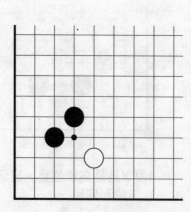

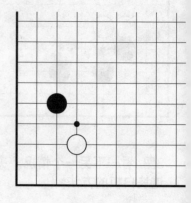

13-3.夹攻

请在三线一间夹攻白棋。

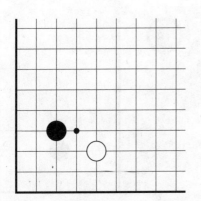

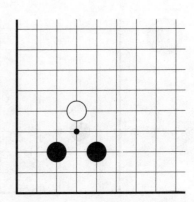

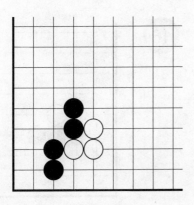

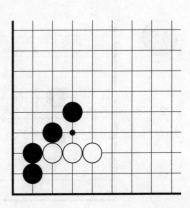

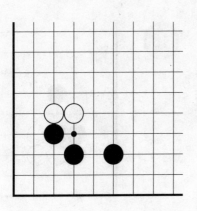

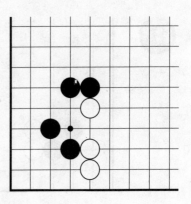

13-3.夹攻

请在四线二间夹攻白棋。

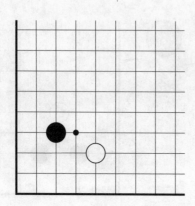

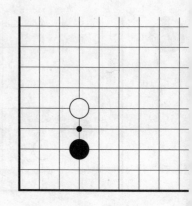

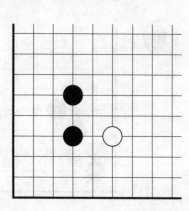

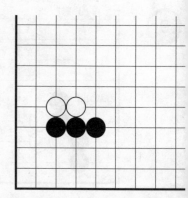

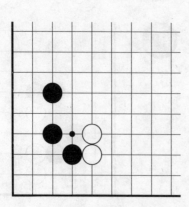

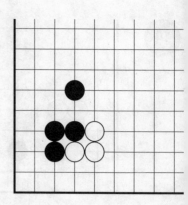

13-3.夹攻

请在四线二间夹攻白棋。

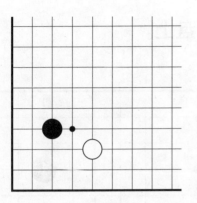

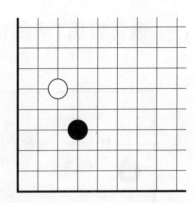

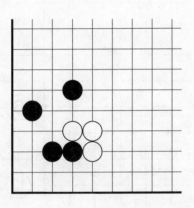

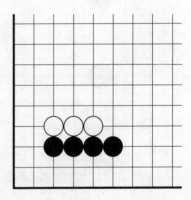

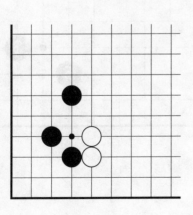

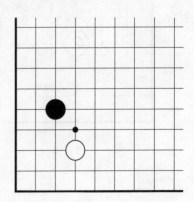

布局练习

请背好黑1至白12下在棋盘上。

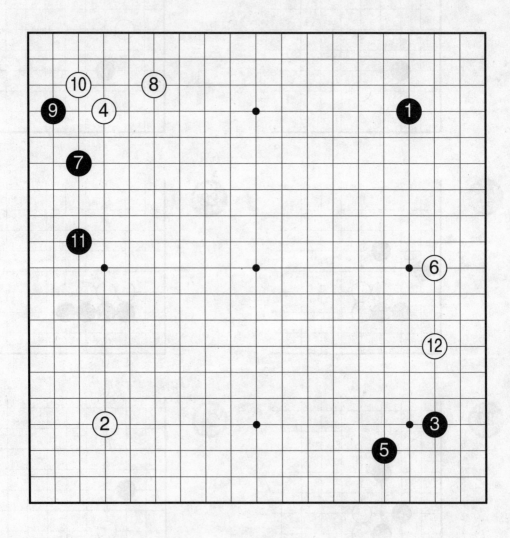

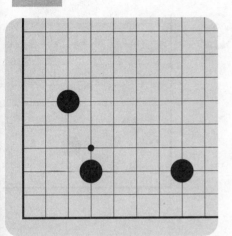

13-4 中央一间跳

1图 在扩大地盘或被夹攻的时候常常向中央下一间跳的棋。先看扩大地盘的时候——

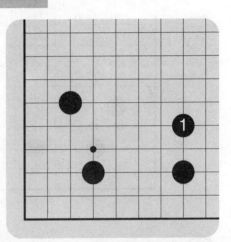

2图 黑1向中央一间跳，黑棋的模样扩大了。地也会增加吧。

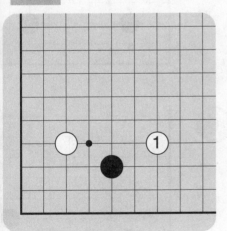

3图 这次看一下夹攻的情况。白1夹攻。

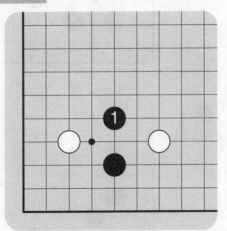

4图 黑1向中央跳出逃跑。

13-4.中央一间跳

为扩大地盘黑⬤向中央跳一手。

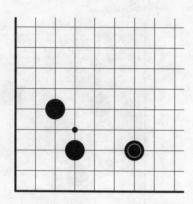

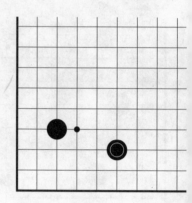

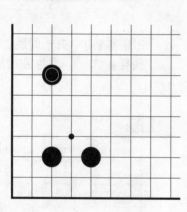

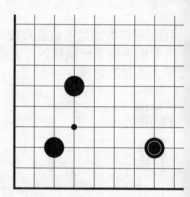

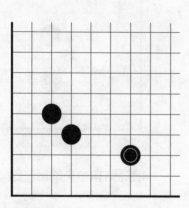

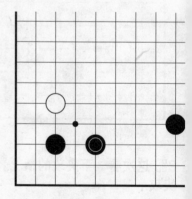

13-4.中央一间跳

请把被夹攻的黑一子向中央跳一手。

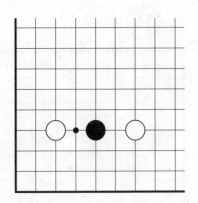

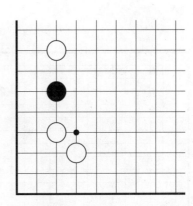

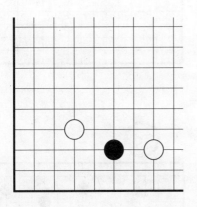

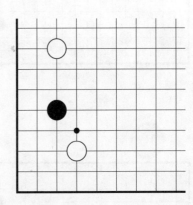

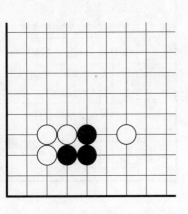

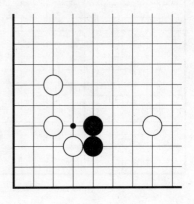

13-4.中央一间跳

白1，请黑向中央跳一手。

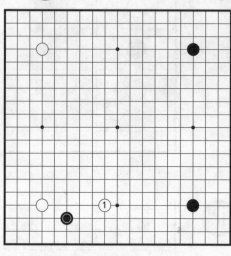

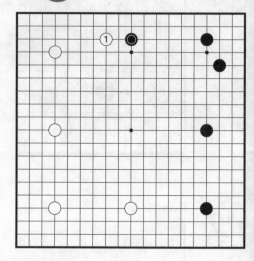

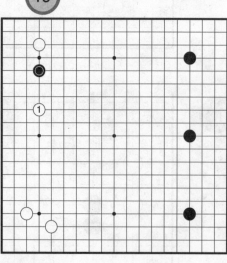

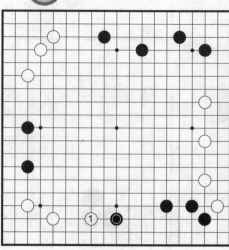

13-4.中央一间跳

学习日期	月　日
检	

白1，请黑向中央跳一手。

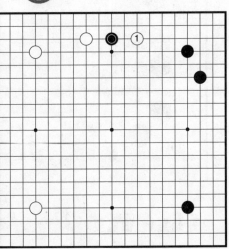

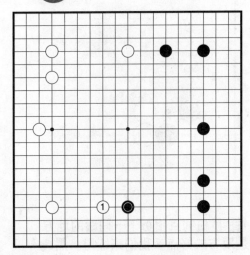

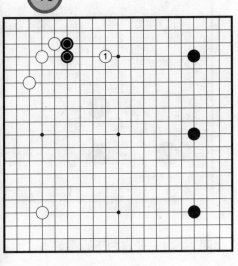

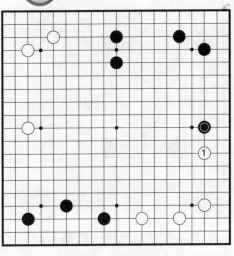

13-5 下互相一间跳的地方

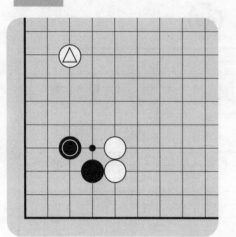

1图 黑白间互相可下一间跳的地方是双方的好点。我们来练习。黑● 与白△ 之间的好点是哪里？

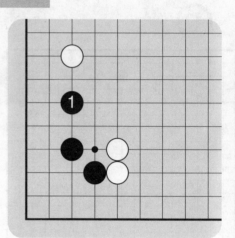

2图 是黑1，很重要。

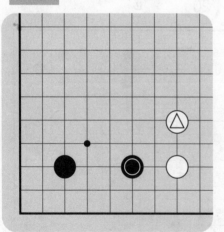

3图 看一下别的模样。黑● 与白△ 之间互为一间跳的点是。

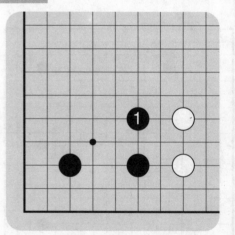

4图 是黑1，此点白下也是好点。

13-5.下互相一间跳的地方

学习日期	月	日
检		

请黑下在黑●与白△间一间跳的地方。

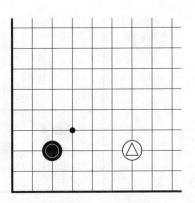

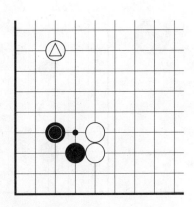

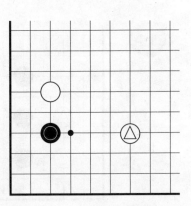

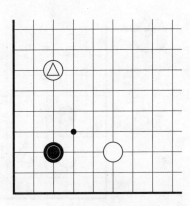

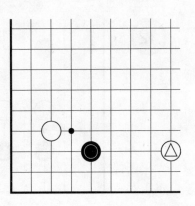

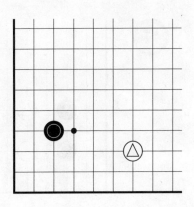

13-5.下互相一间跳的地方

请黑下在黑●与白△互相一间跳的地方。

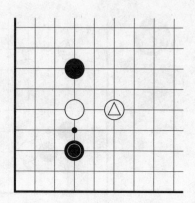

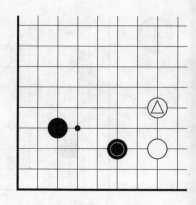

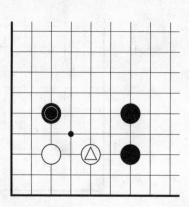

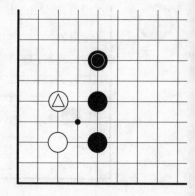

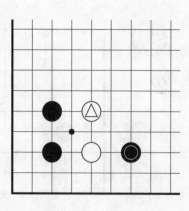

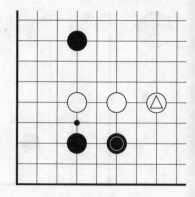

13-5.下互相一间跳的地方

学习日期	月 日
检	

白1，在黑⬤与白棋互为一间跳的地方下棋。

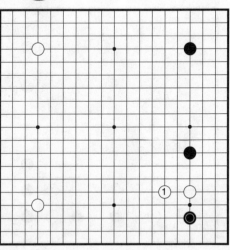

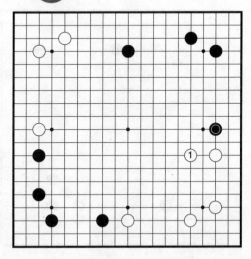

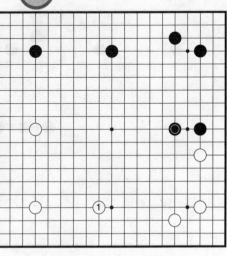

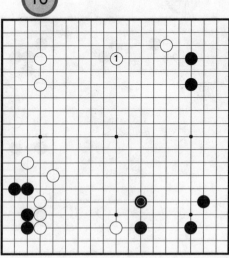

13-5.下互相一间跳的地方

白1，在黑◉与白棋互为一间跳的地方下棋。

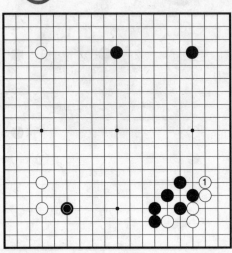

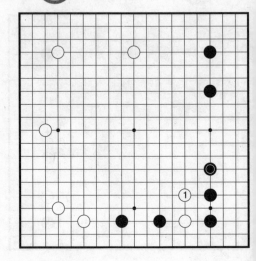

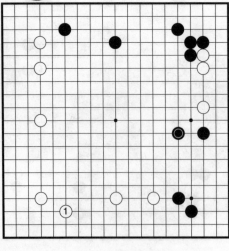

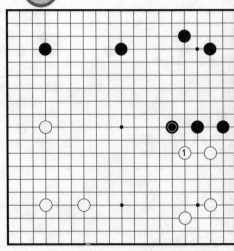

布局练习

请背好黑1至黑17后下在棋盘上。

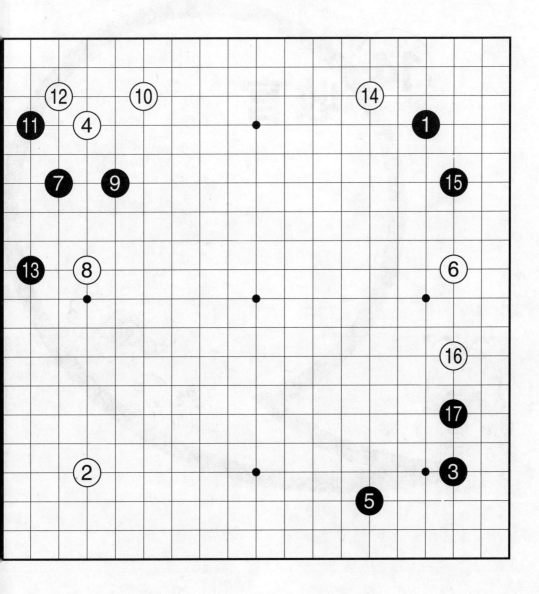

SUCHENG
WEIQI

14 收官

1图

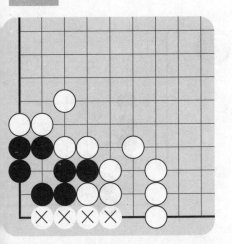

1图 在X处还没有确定地的分界线。

2图

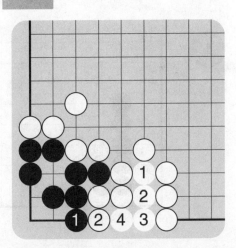

2图 黑可以下在1处。白2、4后，白可成4目。

3图

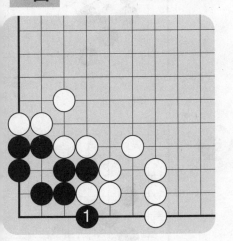

3图 但黑1扳后白地就不同了。

4图

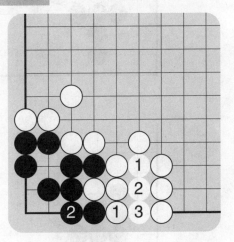

4图 白1后，白地为3目。这是收官的要领。

14. 收官

黑1是好的收官标O。不是则标X。

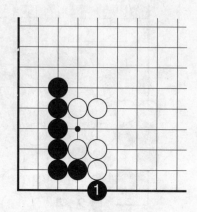

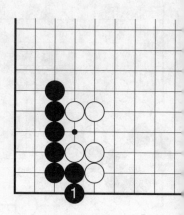

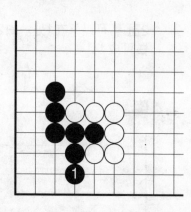

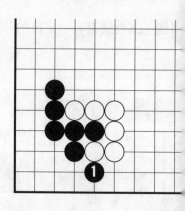

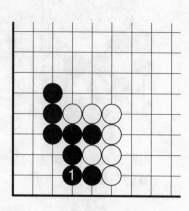

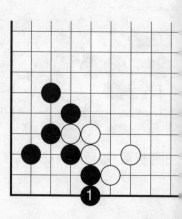

14. 收官

黑1是好的收官标O。不是则标X。

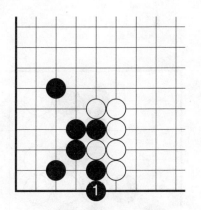

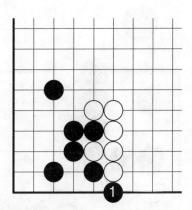

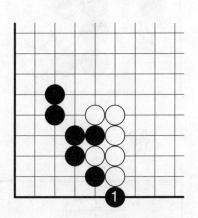

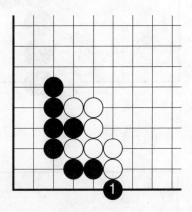

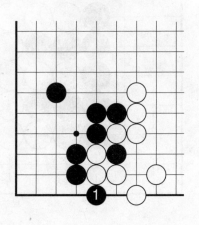

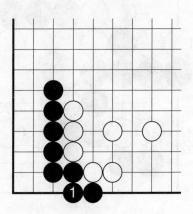

14. 收官

学习日期	月 日
检	

黑棋在没有收官的地方收官。（2处）

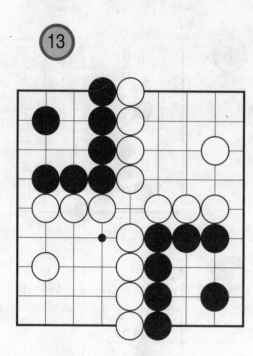

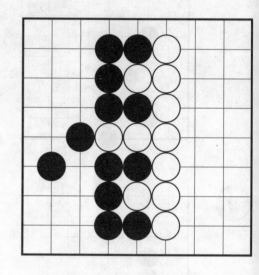

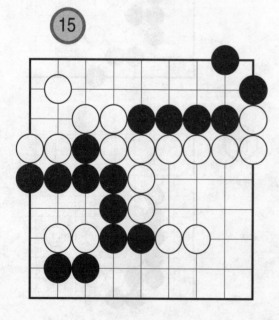

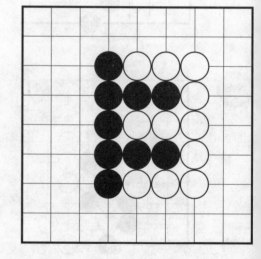

14. 收官

黑棋在没有收官的地方下一手。（4处）

17

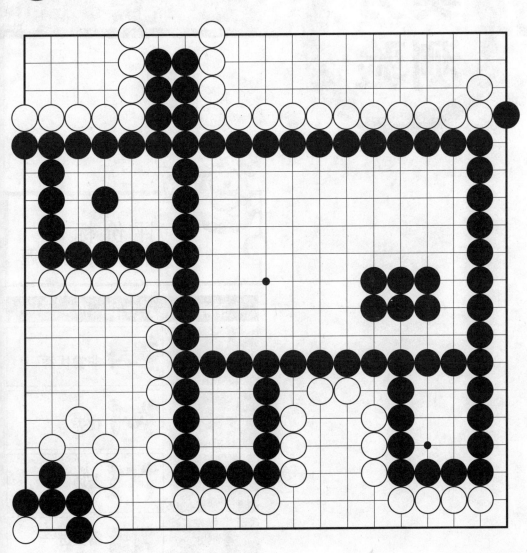

实力
测验

实力测验

限时5分钟，总24题。
白1时，标出黑的应手。（标3手或5手）

第1回

1 叫吃两次

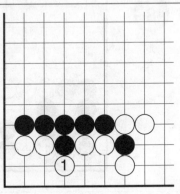

2 叫吃两次

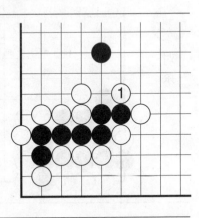

3 先手

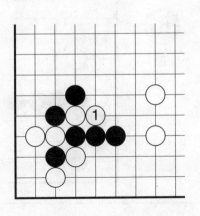

4 先手

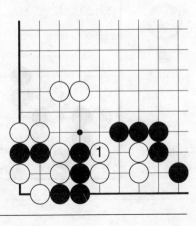

5 滚包

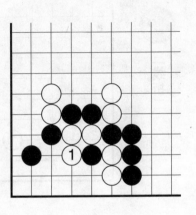

6 缓征

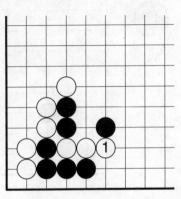

实力测验

白1，下出正确的一手。

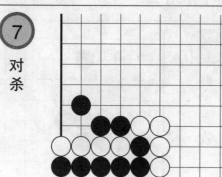

7 对杀

8 对杀

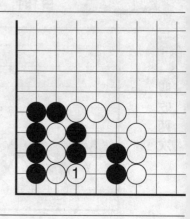

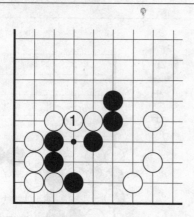

9 连

10 断

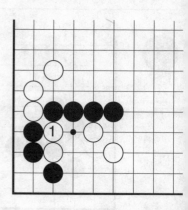

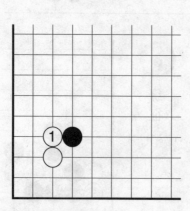

11 长

12 三线折二

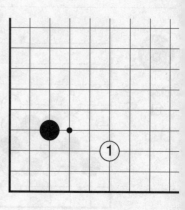

实力测验

救黑棋或吃白棋。

13
死活

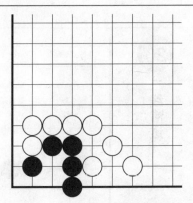

14
死活

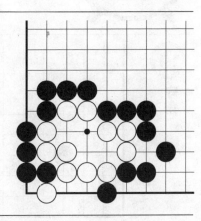

15
死活

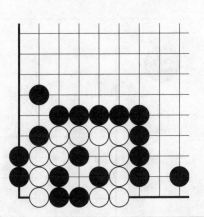

16
死活

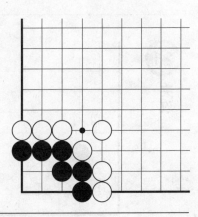

17
劫

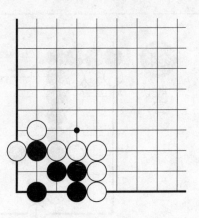

18
劫

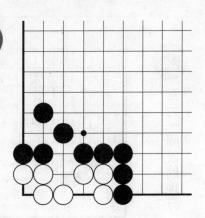

实力测验

参考旁边的内容请回答。

19 守角

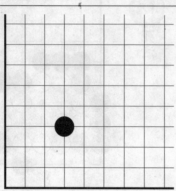

20 二线渗透

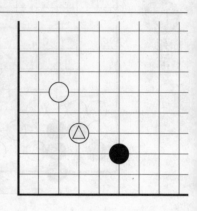

21 夹攻

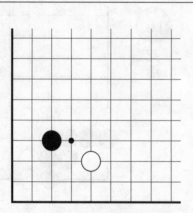

22 一间跳

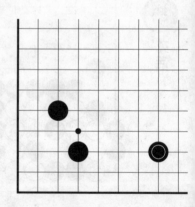

23 互为一间跳的地方

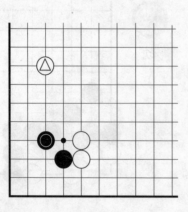

24 收官

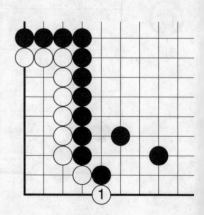

实力测验

限时5分钟，总24题。
白1时，标出黑的应手。（3手或5手）

正解数	

1 叫吃两次

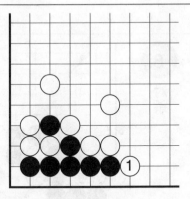

2 叫吃两次

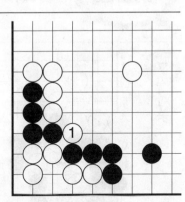

3 先手

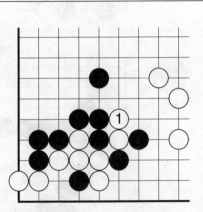

4 先手

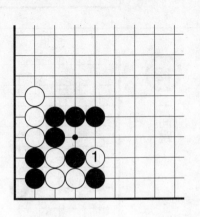

5 滚包

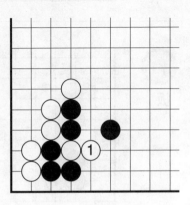

6 缓征

实力测验

白1时。标出黑的应手。

7 对杀

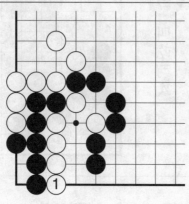

8 对杀

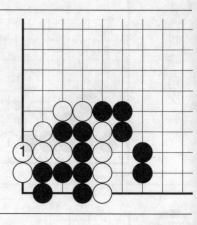

9 连

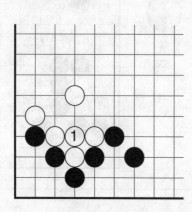

10 断

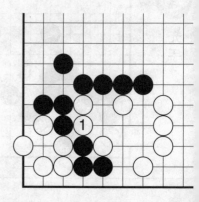

11 扳

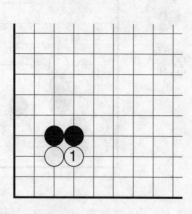

12 一间跳

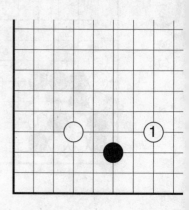

实力测验

救黑棋或吃白棋。

13
死活

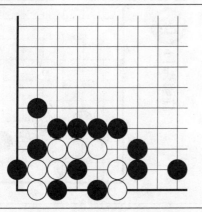

14
死活

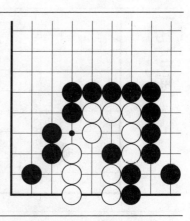

15
死活

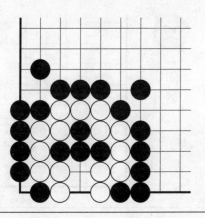

16
死活

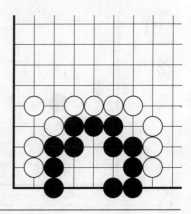

17
劫

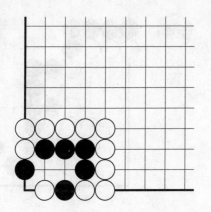

18
劫

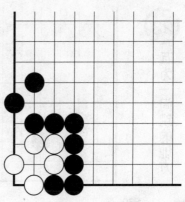

169

实力测验

参考旁边的内容请回答。

19 守角

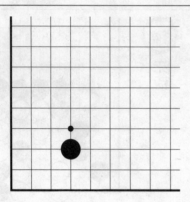

20 二线渗透

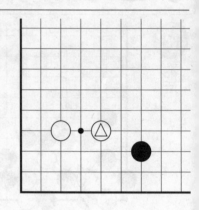

21 夹攻

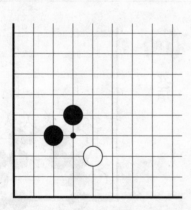

22 一间跳

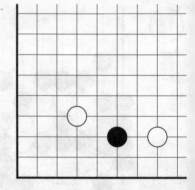

23 互为一间跳的地方

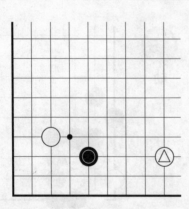

24 收官

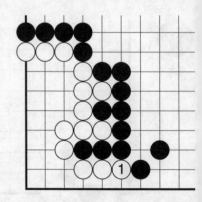

实力测验

限时5分钟，总24题。
白1时，标出黑的应手。（3手或5手）

1 叫吃两次

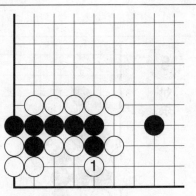

2 叫吃两次

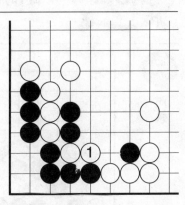

3 先手

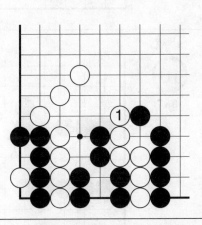

4 先手

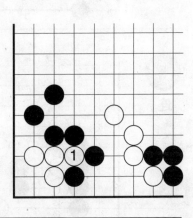

5 滚包

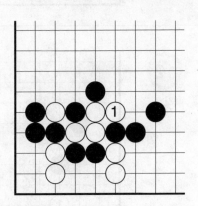

6 缓征

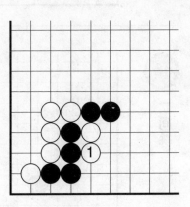

实力测验

第3回

白1时，标出黑的应手。

7 对杀

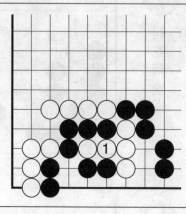

8 对杀

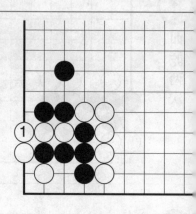

9 连

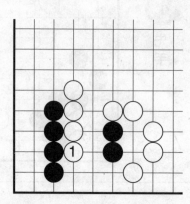

10 断

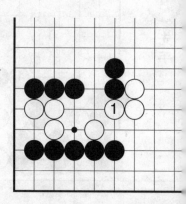

11 二间跳

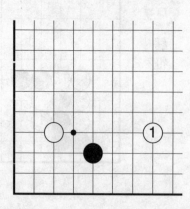

12 尖

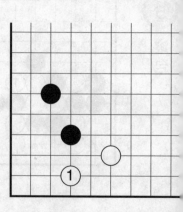

172

实力测验

救黑棋或吃白棋。

13

死活

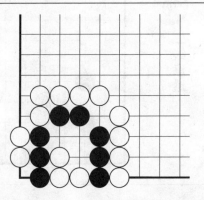

14

死活

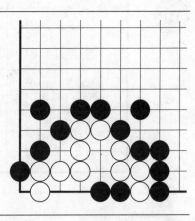

15

死活

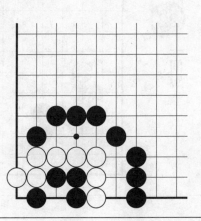

16

死活

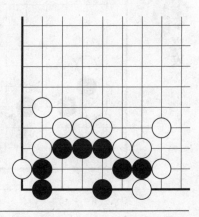

17

劫

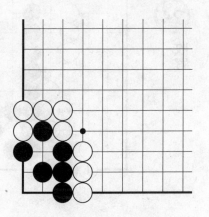

18

劫

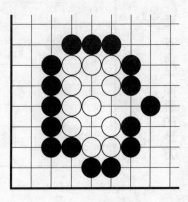

实力测验

第 3 回

参考旁边的内容回答。

19

守角

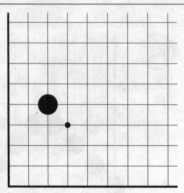

20

二线渗透

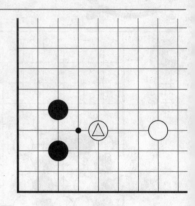

21

夹攻

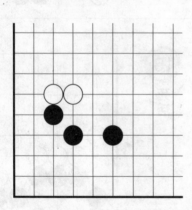

22

一间跳

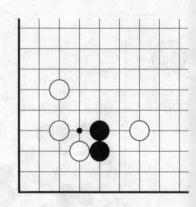

23

互为一间跳的地方

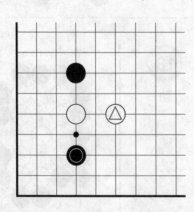

24

收官